被我封殺的感傷

大島渚的電影告白

NAGISA OSHIMA

大島渚 著
周以量 譯

被我封殺的感傷——大島渚的電影告白◉目次

第二章◉俘虜與天使

第三章◉我的生存意義

導讀◉好處一千零一夜訴不盡的奇書

影評人　李幼鸚鵡鵪鶉

好處一千零一夜訴不盡的奇書

大島渚這本著作《被我封殺的感傷》讓我驚駭。無論自己多麼喜歡他的電影（感佩他永遠不站在自己政府這一邊，甚至像是日本官方的對立面，去關切被日本蹂躪過的華人與朝鮮民族，媲美法國哲學家沙特與電影大師雷奈、高達控訴法國鎮壓殖民地阿爾及利亞獨立運動的暴行，或是英國哲學家羅素因爲指責英國政府而入獄的風骨），從政治解放邁向性解放（「感官世界」），並延伸到對同性愛慾的關切（「俘虜」），對跨物種戀情／動物權的尊重（「馬克斯，我的愛」），原來對大島渚的了解都只是自己幼稚的想像，眞正的他（經由這本書），超越我崇敬的他太多太多。譬如，他跟今井正、山本薩夫都是很「左」的日本導演，不料，他對今井正的電影極度不滿，對山本薩夫隻字未提（不屑一談？），我才恍然大悟，「左」只是一個標籤，身爲藝術家不是去跟意識形態相近的人搞同樂會、互相吹捧，而是用更高的標準來要求自己、去檢驗同好。

大島渚不爲皮相所惑。找演員演黑道，來了一堆面目猙獰、表情兇惡的人應徵，反倒讓他納悶縱然是流氓也不必全都那麼定型。恰似楊德昌電影「牯嶺街少年殺人事件」林鴻銘扮演的幫派老大非但不是一臉橫肉、一副殺氣，竟然年輕俊美，甚至對待情敵少男小四非常柔情！這跟大島渚在這本書裡的一篇篇人物誌相似，縱然談論好友也是優點、缺點並陳而非廉價吹捧，對待「敵營」也不全然指責斥罵。雷奈電影「穆里愛」裡四位主角既撒謊又說實話、費里尼電影「愛情神話」的人物既壓抑又放縱、時而清高時而貪慾，人性正是這樣。這本書除了法國大製片家阿納斗・竇芒、英國歌星/演員大衛・鮑伊、日本的電影推手川喜多和子在大島渚筆下全身而退，日本與外國其餘諸家（無論「邦畫」、「洋畫」）凡是被談論到的，或體無完膚，或瑕瑜互見。

這本書讓我驚歎的是大島渚談人物、論電影都在審視/省思日本社會、日本電影工業、日本政治（政府）、日本/世界電影史（增村保造的相關章節尤其明顯）。他甚至一面稱讚當年人氣第一位的日本女演員山本富士子在小津安二郎電影「彼岸花」裡的出色，一面又勸告山本富士子要擺脫小津安二郎，去開拓跟其他導演的碰撞，才不會自我侷限。

大島渚的博大精深，讓這本書兼備電影史的趣味（與珍貴訊息），有評論家別具慧眼的犀利，還奉上了時時洋溢的文學情懷。通常，導演「看」演員演出，導演的電影「被（觀眾與影評人）看」。大島渚這本書竟然「看」並「批評」別人的電影，甚至批評一些影評人。這倒跟蔡明亮電影「不散」的開場他（導演）跟我（所謂的影評人）在「看」電影，卻也被（觀眾）看」互通聲氣了。突然覺得大島渚雖「高」但不「遠」，台灣（楊德昌、蔡明亮）與歐洲（雷奈？高達？）都有同好。如果大島渚只當影評人，像我這種三腳貓就沒得混了。

這本書裡提到的人物分散不同世代，使得全書跨越漫長歲月。大島渚因為李香蘭（山口淑子）而知道川喜多和子幼年在中國能講五種語言。大島渚說到和子擔任過黑澤明電影的副導演。大島渚沒說的是李香蘭主演過黑澤明的「醜聞」，李香蘭與黑澤明都跟川喜多和子的父親川喜多長政相熟。大島渚也只說和子引介克里斯・馬克、文・溫德斯的電影給日本觀衆，阿納斗・竇芒在雷奈的「廣島之戀」與「穆里愛」、高達的「我所知道她的二三事」、大島渚的「感官世界」之外，也擔任過馬克、溫德斯的製片。大島渚沒說的是溫德斯在日本拍攝小津安二郎題材的電影，竟然捕捉到不大願意上鏡頭的克里斯・馬克的身影，多麼珍貴！大島渚以爲你我知道，沒說的還有很多很多，種種錯綜複雜的人物關係都隱藏在書中，有待你我尋寶。

我晉見阿納斗・竇芒時，問他雷奈「穆里愛」裡扮演貝納的年輕俊帥男演員讓-巴提斯特・狄艾黑爲什麼只演一兩部電影就不見了？竇芒說狄艾黑跟卓別林的一個女兒結婚去巡迴演出舞臺劇了。這讓我往後看費里尼的「小丑」時，馬上認出片中的魔術師「巴提斯特」正是這位男演員！大島渚在這本書表示聽說竇芒跟法國男同志文學大家惹內是密友，大島渚沒說的是自己不但沒有（男）同性戀恐懼症，反而在「新宿小偷日記」裡安排男主角偷的書正是惹內的《竊賊日記》！（小偷偷取名叫《竊賊日記》的書！）片中還出現胡適、魯迅等一些人名，可惜當初無緣觀賞就拜見了大島渚，錯失提問機緣。這本書引發的故事與奇趣，一千零一夜也講不完。

李幼鸚鵡鶴鶉

第一章

我的思索，我的風土

我的思索，我的風土

職業

將幻想化爲現實

當下，我剛完成一部電影的拍攝，題目是「儀式」[1]。電影講述了一個出生於一九一八事變時的男子在戰後二十五年中如何舉行冠婚葬祭[2]等人生儀禮。

這個主人公出生的地方是——不，這一點已經無所謂。不管怎麼說，這是部已經完成的作品，問題在於此後要完成的作品。

我不禁屈指算了算，到死爲止我還能拍多少部電影。再過一年，我就四十歲了[3]。到五十歲的十年間拍十部電影；六十歲爲止再拍五部；六十歲後，不知道什麼時候會死，但我想盡可能活得久一點應該也能再拍五部。共二十部。但這

1 大島渚第二十一部導演作品，一九七一年公映。

2 本指成人、結婚、葬禮及祭祖等四大儀式，現泛指各種紅白喜事。

3 本文寫於一九七一年。

種計算方式有點理想化。

我希望相信，即使不拍電影，只要本人認爲自己是個導演，那他就是個導演。至少，當他拍了某部電影，只要接著拍下一部，即使中間有長時間空白，那也還是個電影導演。但是，如果這中間空白期有三、五年，就很難說他的「職業」是電影導演了吧。

所謂職業，如果說最基本的是要能掙錢養家餬口，那麼現在電影導演這個工作是不能成爲「職業」的，意即它不是實業，只是「虛業」而已。

此時，我們會聽見這樣一種說法：不是挺好的嗎？電影導演是藝術家。別騙人了。且不說藝術家這個詞本來的涵義，在現在的日本社會，電影導演與氾濫的藝術家根本毫無干係。

法律對這種情況也鄭重地做了限定。根據從今年一月一日起實行的新著作權法[4]，電影著作權不屬於作爲創作者的導演，而是屬於電影公司。我作爲導演協會[5]成員近七年的時間裡，一直與這條法律的制定抗爭，但終究力有未逮以失敗告終。這個失敗，以及這個時代人們的冷漠，我一生都不會忘記。

現在是過於保護藝術家的時代。畫家、音樂家、小說家，你們作爲藝術家的權利由法律來保護。從受到保護這一點來說，你們是藝術家，而電影導演絕不是。

這也可以說是導演的光榮。有時，我在酒酣之餘會大聲吶喊幾句：小說家、畫家，你們也有過不被賦予著作權的時代！這種情況下，你們艱苦奮鬥，創作了優秀的作品，著作權的概念因而漸漸確立了起來。現代日本的藝術家，因爲前人所確立的權利，打一開始就處於被過度保護的狀態。與他們相比，今日未受到任何保護、必須從創造創作條件開始的導演，更能做出優秀的作品。

但是，這可能只是一種幻想。將這個幻想化爲現實我所做的努力，或更該說，

4 一九七〇年，日本修訂了著作權法，於翌年的一月一日起實行。

5 日本電影導演協會，創建於一九三六年，一九四三年解散，一九四九年再次成立。

爲了使電影導演這個虛業作爲職業得到人們認可我所做的努力，使我變了一個人。現在的我是一個被摧毀了的人。

過去並非如此。一九五四年，我作爲副導演進入松竹大船製片廠工作。當時，坦率地講，我爲獲得一份工作而感到高興，那是一個就業艱難的時代，我已經在好幾間公司的入職考試中落選。在一道參加戲劇社的朋友邀請下，我半開玩笑地接受了松竹的考試。當時的我連電影是一個一個鏡頭拍出來的都不知道。考試通過後，儘管月薪只有六千日圓[6]，這樣一份正當的職業，是從戰爭、貧困走來經歷過飢寒交迫的青年所無法拒絕的。但是，製片廠的副導演是一份受盡屈辱的工作。我一直未能找到自己應有的地位，爲自己找了這份工作而後悔，想著是否要重新回到大學，每一次，都會遭到工作夥伴謾罵。此後，我什麼也不想，只是用身體在工作。在一陣胡亂忙活的過程中，竟也開始通宵達旦地工作了。入社後一年左右，我把自己連日關進剪輯室，完成了電影。熬夜後的天光、盛開的櫻花射入我的眼簾。當時，我爲自己終於得到一份職業感到自豪，

6 一九五四年，日本都市勞動家庭的平均月收入爲 28,283 日圓。

竟不禁熱淚盈眶。

犯罪

對悖德的自覺

在開始熟悉製片廠副導演這個職業時，我的心中產生了一種期望：也許我也能當上電影導演。但我並不想成爲一個所謂「拍攝藝術性電影」的導演，也成不了那樣的導演。當時我以爲自己會當一個拍大衆化電影、票房成功的電影導演。我的期望十分微小，對當上導演後拍什麼樣的電影也毫無頭緒。

到頭來，我究竟是拍什麼樣的電影的導演，當我對此有所自覺，是實際創作電影之後的事了，而且，還是在完成了好幾部電影之後。我萬萬沒有想到，對於在這個世界上被稱爲「犯罪」的行爲，自己原來是最被吸引的人。在我對此還沒有自覺時，就常以某種犯罪爲主題拍攝電影了。電影裡的罪犯從不得已到喜歡犯罪，或者是自己也不明白爲什麼會犯罪，形象各樣。

在現實生活中，我不是罪犯，但隨著電影裡的犯罪行爲不斷升級，我夢中的犯罪場面也逐漸變得濃密，毫無例外都是從包括性變態行爲在內的大量虐殺場面開始。這些場面裡混雜著極度符合現實的人物與完全的虛構人物。其次是逃跑，包含了虐殺和性行爲的逃跑。夢裡的人物過了幾年安穩假面下的平民生活，然後突然間被發現，經歷逮捕、審判，最終被關進監獄。不可思議的是，這些人物沒有一個被處以死刑。但也許是因爲，就他們被處以死刑的那一刻我便從睡夢中醒來，將他們忘得一乾二淨。

少年時代，我曾讀過一部通俗小說，它講述了一個印尼或其他某個國家的獨立志士被殖民地統治者判處「無刑」的故事。所謂「無刑」並非無期徒刑，而是把此人一切活著的證明從人世間「抹殺」，將活著的他關進地牢的刑罰。我對「無刑」這個詞感到無比恐怖，記得有一段時間都因此無法獨自上廁所。在夢中，我彷彿被判處了「無刑」。當被關入永遠不會打開的地牢時，我總會從夢中醒來。不可思議的是，在夢快結束的時候，現實中的人物會一一登場，有時候是家人，有時是電影廠的演職人員。因此，夢中的我的意識，也從少見的大犯罪者一下子變回現實中的自己：啊，如果一直被關在地牢，有一段時間我就無法拍電影了，也許永遠都拍不了也說不定，與我相愛的某人也無法再相見。這樣極爲眞實的情緒，讓我啞然淚下。

從這樣的夢中醒來，心情絕對好不到哪裡去。抱著十分黯淡的心情，我朝窗外望去。天還沒有亮，這時，我突然陷入了一種錯覺：現在的我，過的正是自己常夢見的戴著假面度過的安穩平民生活，會不會我便是之前犯下重罪的人？我是不是已經犯了不可饒恕的罪行了？

我爲什麼會陷入這樣的幻想呢？作爲導演拍了許多電影後，這樣的幻想會升級，這樣一想，那麼很顯然這與電影導演這份職業密切相關。我曾經說過「拍電影就是一種犯罪行爲」。相對於拍電影所必須投入的勞力和經費，電影最後收益的不確定性與不可期待性，在這個資本主義社會裡，很顯然是一種惡德、一種犯罪。有此認識卻仍去拍電影，還將自己的思想裝進電影裡，這不是犯罪又是什麼？

再者，這既是我作爲電影創作者的思想，也包含了成爲電影創作者前的我的思想。在那個思想下，我可能已經犯下了不可饒恕的重罪。這種思想究竟是什麼？它仍然與革命有關。

革命——隱秘的渴望

我現在三十九歲。如果是革命家，這早已是死亡的年齡。法蘭茲・法農、切・格瓦拉、大杉榮、馬爾科姆・艾克斯、馬丁・路德・金[7]……不知爲什麼，這些世界著名的革命家都在三十六歲或三十九歲時死亡——不，是被殺的。三十九歲是極限。不過，死神今年不會來造訪我吧。即便死神降臨，我也不會作爲一個革命家死去。現在的我不是革命家，也不曾當過革命家。儘管如此，我總覺得「革命」這兩個字，在我的生命深處一直爲我定下規則。

7 法蘭茲・法農，法國革命家；切・格瓦拉，古巴革命的核心人物；大杉榮，日本無政府主義者，社會運動家；馬爾科姆・艾克斯，美國民權運動領袖；馬丁・路德・金，美國黑人民權運動領袖。

我自覺是無法成爲革命家之人，但可以說與革命相近。六歲時，父親去世，他給我留下了許多書。父親是水產學家，但不知爲什麼給我留下了許多與社會科學、文學相關的書籍，而且其中一半與社會主義、共產主義有關，如河上肇、大杉榮、堺利彥這些人的書和雜誌、古田大次郎的《死的懺悔》、淺原健三的《煉礦爐的火滅了》[8]以及改造社的「一元錢」叢書中的「無產階級文學集」等。這些書我經常順手拿起其中一本就讀了起來，閱讀毫無脈絡。

那是在戰爭期間，地點是京都一處陰暗大雜院的一個房間——我們全家從陽光明媚的瀨戶內海的政府宿舍搬到了這裡。我知道這些都是國家禁書，也因此讀來更有種黑暗的興奮之感。對我來說，社會主義革命的理想是難以否定的。爲此挺身而出進行抗爭的鬥士，互相以「同志」稱呼，他們可能明天就會被關入監獄，或是被送上刑台，但仍選擇直赴戰場。我不可能不被這些人的姿態感動，我曾爲鎮壓這些人的狂暴行爲流下悲憤的熱淚。

同時，我也走向了絕望，因爲我無法成爲勇敢的無產階級鬥士，也無法成爲

8　河上肇，日本經濟學家；堺利彥，日本早期社會主義活動家；古田大次郎，日本無政府主義社會活動家；淺原健三，日本社會活動家、政治家。

具有不屈意志和理論堅持的革命家。我不僅身體虛弱，連精神也是虛弱的。我的肉體和精神根本無法承受極致的壓迫。當振作起絕望的勇氣，將《資本論》捧在手裡閱讀的時候，我才剛剛進入中學學習。

如果當時戰爭繼續下去，那革命對我來說，不過是故事中的話語。年輕士兵戰死沙場，卻僅是無名之人。戰爭結束而且是戰敗，對我來說眞是晴天霹靂。「革命」兩字開始在光天化日下被高談闊論，被稱爲「革命鬥士」的人走入現實社會並頻頻吶喊。但我從來沒想過要靠近他們。我自認爲不會成爲革命鬥士。我躲進自己的內心世界，並丟掉了讀書的習慣，迷戀上棒球。

但革命卻向我靠近。它以青共[9]或學生自治會的臉孔向我示意。在圍繞著日常學生生活的現實面的問題上，他們的建議基本是正確的。我內心微弱的正義感和丟掉讀書習慣後想採取行動的心情讓我想與他們共同戰鬥，我可以說成了他們極重要的非黨員活動人士和同情者。但是，即使共同戰鬥，我還是覺得他們的做法與我所信奉的革命相距甚遠。因此，無論別人怎樣勸說，我都沒有入黨，

9 「日本共產青年同盟」的簡稱，日本戰前的青年活動組織。

我打從心裡就不認爲這個黨會鬧革命。

經過高中到大學這個漫長的季節，我失去了學生身份。在不得不獲得一個新的身份（職業）時，當不得不考慮自己如何適應這個社會時，我知道，一直自以爲絕不可能成爲革命家的我，比任何一個勇敢地吶喊革命的黨員友人還要渴望革命。這種渴望像重擔壓在我的心頭，規定了我的行爲。

我將這種渴望藏在心裡然後就業。但我的職業卻不允許我隱藏內心的秘密。我對革命的混濁渴望原封不動地顯現在我的作品裡。

國家——黑色太陽的形象

英國評論家艾倫．卡麥蓉曾問我：「你的初期電影裡有閃耀著光芒的太陽，中途卻又變成了太陽旗，這是爲什麼呢？」那是一九六九年夏末的一個傍晚，在威尼斯的海邊，他花了兩天時間採訪我。我聽完他的問題，陷入了沉思，緊緊盯著從海面上漸漸落下的刺眼太陽。在日本，沒有人會提出這樣的問題。

我並不是特別喜歡太陽。我沒有人們自豪地稱作「太陽的季節」[10]的青春。毋寧說，在川崎單身集合式住宅五樓約五坪大的房間裡一個人看到的夕陽，對我來說是恐怖的。夕陽照耀下，眼下並排的房屋就像是火柴盒堆起的聚落。人們生活在這一個個盒子裡這個事實令我戰慄。我眞想從窗戶投身而出降落在這些盒子上——這種誘惑時不時地襲擊我。爲了抵抗這種誘惑，一到傍晚，我幾乎都會蓋上被子睡覺，等到霓虹燈開始閃爍，方才出門到小巷子裡喝點酒，尋求慰藉。

因此，我心目中的太陽象徵著某種殘酷的環境——置身於烈日照耀下不得不生存下去的嚴苛狀況，以及人們在陽光反射下試圖生存的強烈意識。然而，年輕的我對那樣的環境、主體的存在方式以如此激烈的形象捕捉，或許那可以說是這個世界在我心中最初的形象。

10 石原愼太郎的小說，曾獲芥川文學獎。由此衍生出「太陽族」一詞，指隨興、無秩序、重享樂的年輕人。

這個太陽爲什麼變成了太陽旗呢？我並非刻意地想改變，只不過是結果如此。一九六七年二月十一日，即建國紀念日實施的第一天，也是紀元節[11]復活的那一天，我在拍一部電影。腳本裡寫了反對紀元節復活的人舉行了示威遊行。但拍攝的現場，我們準備的示威隊伍比眞正的遊行還要壯大。在剛好落下的雪中，我們舉著黑色的太陽旗前進。打那以後，太陽或黑色的太陽，便成了我電影裡的一種象徵形象。

透過太陽或黑色的太陽，我究竟想要表達怎樣的涵義呢？那自然是國家，即日本的復活。在那之前，我在認識國家這個大框架的存在下，以「狀況」這個詞劃定了主體可能變革的領域，然而一九六〇年以後的日本社會，國家這個大框架開始現形。面對活著的太陽，旗幟只是一個死物。但是，人既可以愛死去的東西，也可以在死物的包圍下生存。不，或許現在的我們只能活在這樣的環境下，我開始有了這樣的想法。這是時代的發展，同時也表明了我們自身主體性的衰弱，或年齡的衰老。

11 初代天皇即位的二月十一日於一八七三年被定爲日本紀元日。二戰後遭到廢止，一九六六年開始改稱「建國紀念日」。

不知是幸還是不幸，在一九六四至一九六五年間，我去了趟韓國和越南。在韓國，大自世界、革命、社會主義，小到電影、小說、詩歌、女人、酒……人們激烈地爭論著這些問題，在越南，我則接觸到了在戰火下汲汲營營的日常生活。不管怎樣的政治體制，只要是國家體制下的政治，最底層的民衆的生活是不會變化的——我抱著這樣的感想回到日本。一九六八年，在以小松川事件[12]的少年犯（在日朝鮮人）爲題材拍攝的電影[13]中，我做出了吶喊：「只要國家還在透過戰爭或死刑將殺人這個絕對的惡合法化，那我們全部都是無罪的。」

「七〇年鬥爭」[14]失敗後，引人注意的是學生中出現了去國外尋求再起之地的行爲。我認識其中一人，他對我說「你一定要出席我的送別會」，於是我去了。我與他曾在小酒館裡爭論不休，此次送別會我抱著被毆打一頓的心理準備出席。他對於出走日本一心勇猛求進，同時又有些悲傷，似乎就是這樣的心情激勵著他，我禮貌地與他告別。我至今仍不明白，他心目中的國家與我心目中的國家，到底有沒有共通的地方。

12 一九五八年發生的中學生殺人事件。東京都立小松川高等學校的女學生遭到同校十八歲的在日朝鮮人李珍宇殺害。李珍宇於一九六二年被處以死刑。

13 指大島渚一九六八年的作品「絞死刑」。

14 即第二次安保鬥爭。

死與愛——你我靈魂的祭司

我的長子現在七歲，今年三月小學一年級結業。結業典禮那天是我悄悄給自己定下的一個責任期限——我下了決心，在我的父親爲我活到的歲數，我一定要爲我的兒子活到這一天。在我六歲時，我的父親在我小學一年級結業典禮的那天死去。

幼時，死亡對我來說不是一件遙遠的事。三歲時祖母去世、六歲時父親去世、七歲時父親去世後我和母親委身的祖父去世。除了母親，我的父輩、祖輩直系親屬都不在人世了。接二連三的死亡給了我巨大的衝擊，幼小的心靈蒙上了一層陰影。我將悲傷這種情感完全封存在內心深處。六歲時，寫有我名字的牌子就掛在了我家門口。

這種事顯然讓我成了一個反常的孩子。我不僅克制悲傷，還壓抑其他所有情感，只對公共性的是非做出反應。這無疑是可笑的。因爲家人接二連三地去世，我受到了巨大的私人傷害，由於傷害過於巨大，以至於我的感覺像是受到了公衆傷害。對我來說，圍繞我的世界一開始就是邪惡的。但是，將那些事說出口，就好像是流於私人情感——我對此十分厭惡。我應該是不帶任何表情地在面對這個世界。現在我的電影中的少年也常是不帶任何表情的，原因就在這裡。

世界打一開始就是邪惡的。爲了從這種想法中得救，就必須有人能證明有什麼東西是不邪惡的——或許我們可以稱之爲「愛」。所以一般來說我不認可人的存在本身，只認可愛我的人或我愛的人。也因此，我的愛常常是熱愛。這種愛的方式也許既傷害了自己，也傷害了許多人。但是，或許只有透過與其他人進行愛的交流，我才能活到今天。

在死亡接踵而至的少年時期，我感到自己就像被迫背負了極重的擔子，對生存下去有一種莫名的恐懼。我認爲這種恐懼至今還遺留在我的內心。我當時還沒有發現：那不僅僅是對生存下去感到痛苦，還包含了被編入這個世界生存下去的痛苦。當發現這一點時，我已經被編入這個世界，結婚、成家，也生子了。

從一九六六、一九六七年左右開始，日本年輕人拒絕傳統社會的現象日趨顯著。我不瞭解其發源地美國——嬉皮的大本營——的情況，但在莫斯科、布拉格，我與那樣的年輕人相遇。我與新宿的「瘋癲族」[15]建立了親密的關係，也拍了幾部關於他們的電影。隨著國家全面管理國人生活的傾向越發嚴重，像這樣拒絕傳統社會的年輕人的出現就是必然。我讚美他們，也十分羨慕。

然而，我無法離開體制。我無法拋棄家庭，拋棄妻子。對此，我感到十分地絕望。我設定以孩子一年級結業爲期的期限，便是希望此後能自由地生存，但毫無疑問這只是個無法實現的願望。

我無疑正走向死亡。喝酒超過常人的酒量可能是我有計畫的一種慢性自殺。無法拒絕體制的我也許只能透過死才能被解放。儘管如此，促使我繼續活下去的是對諸多死者的回憶。幼時起就對死亡有著深切感受的我，從青年時代直到今天遭遇了許多人的死亡。我想盡可能地不流露感情，然而對死者的記憶卻一直鮮活地浮現心頭。難道我只愛死者嗎？

15 一九七〇年代，聚集在新宿東口的年輕族群，他們席地而坐、隨興跳舞，偶有攻擊巡邏員警的行爲，被稱爲瘋癲族。瘋癲族並非無家可歸，卻選擇在路上生活，作家寺山修司曾將之喻爲從密室解放到街頭、不安年代的象徵。

與生者交流愛，恐怕會極大地傷害彼此，因此我將所愛的人當作死者封存。

我拍電影，因爲這樣能夠撫慰生者與死者的靈魂。同時，透過發現我到底是怎麼樣的一個人，尋找撫慰自己靈魂的道路。到死之前，我還能再拍幾部電影呢？我並非沒有日暮西山路途遙遠之感，但我會繼續走在這條你我靈魂的祭司道路上。

❖不能完全相信導演說的話——

歷史與悔恨／安德烈・華依達

在歐洲，凡是對日本電影有某種程度關心的人，都知道日本電影裡時代劇和現代劇是有區別的。在電影雜誌、報紙評論或是介紹文中，通常會以日文拼音的 Jidaigeki（時代劇）、gendaigeki（現代劇）分別表示二者，已經成爲一種通俗的概念。我不知道這樣的概念是在何時、如何發展至今的。但是對此的無知，我過去曾經譴責這是將日本電影介紹到海外的人的怠慢，與此同時，希望可以喚起大家注意到，這些人的工作又是如何孤立、艱辛。不過，這不是我現在要談的主題。外國電影中，有沒有時代劇、現代劇之分呢？當然，相對於「日本電影」，以「外國電影」一詞囊括所有的區分非常粗糙。如果是與日本電影對等的位置，那麼嚴格說來，應該一個一個國家地討論。不過，爲了方便並根據大家某種程度的共識，這裡所說的「外國電影」指美洲、亞洲和歐洲電影。這個意

16 波蘭電影學校的創辦人，被譽爲波蘭電影之父。代表作爲抵抗三部曲：「一代人」、「地下水道」、「灰燼與鑽石」。

義上的「外國電影」中存在像日本電影裡的時代劇和現代劇的區別嗎？恐怕不存在。正因爲不存在這樣的區別，在敘述日本電影，或者說是介紹日本電影的時候，人們才會使用 Jidaigeki、gendaigeki 一詞。

當然，我的起言就是以承認日本電影中存在時代劇和現代劇之分爲前提。不過，我也發現外國電影裡有相當於日本電影時代劇和現代劇之分的電影。本文將討論安德烈．華依達[16]，這裡就舉一個與他相近的例子。最近，我們終於能看到耶爾齊．卡瓦萊羅維奇[17]的「法老」，那就是一部像時代劇的電影。換言之，對我來說，外國電影中以古代爲背景的電影幾乎全部、以中世紀爲背景的電影幾乎一半都像是時代劇。若將皮耶．保羅．巴索里尼[18]的一系列作品考慮進來，更慎重些的話會將古代背景的電影的一部分排除在時代劇之外；因爲想到描寫聖女貞德的卡爾．希歐多爾．德萊葉[19]和羅伯．布列松[20]的電影，也會將以中世紀爲背景的一半左右的電影排除在外。歐洲觀衆是如何看待這一點的呢？當然，我知道那裡並沒有「時代劇」的認識框架。儘管如此，他們有辦法依據什麼樣的

17 波蘭電影導演，五〇年代波蘭學派的創始人之一，代表作有「法老」、「夜行列車」、「修女約安娜」等。

18 義大利詩人、作家、導演，代表作有「十日談」、「索多瑪一二〇天」等。

19 丹麥電影大師，代表作有「聖女貞德蒙難記」、「吸血鬼」、「諾言」。

20 法國電影大師，代表作有「鄉村牧師日記」、「死囚逃生記」。

範疇來區分嗎？對此的無知，你可以譴責是那些日本國內的外國電影介紹人的怠慢，也可能會同情在遠東貧弱的島國上從事電影批評的人，所必須承擔的令人絕望的困難。但現在難道不正是我們傳達正確事態的時候了嗎？

我知道一個詞——古裝劇（costume play）[21]，如西席・地米爾[22]的作品就可以那麼稱呼。那麼菲德里柯・費里尼[23]拍的「愛情神話」又如何呢？在去年威尼斯電影節上，我看完這部電影後說：「什麼呀，這不就是地米爾嗎？」對此，《綜藝報》的吉恩・莫斯科維奇一吐為快：「如果是地米爾，他會讓我們更愉快！」「愛情神話」究竟能否稱得上是古裝劇呢？或者能否稱為時代劇呢？歐洲觀眾對電影分類並不感興趣。電影類型的確存在，例如一些介紹手冊就會明確地將電影分類。例如高達的作品常常被劃入喜劇電影。但是，至少在印刷品上，我還沒有發現時代劇和現代劇的區分。

我為什麼要對時代劇、現代劇的區分緊抓不放呢？比如，最近的黑幫電影到底是時代劇還是現代劇？如果去了歐洲，遇到那些一提起日本電影就想將它分

21 時代背景設定為古代的戲劇。衍生出日製英文 cosplay 一詞，指透過某角色的扮裝的表演行為、藝術。

22 美國電影導演，代表作有「蒙騙」、「十誡」等。

23 義大利電影大師，六〇年代代表作有「小丑」、「大路」、「八又二分之一」、「生活的甜蜜」等。

類的批評家提問時，我該怎麼辦？我想這種黑幫電影應該劃入時代劇吧。最近，每到夏季就會有僵化得像鬼怪般的戰爭電影出現，更準確地說，應該是描述二戰的日本電影。這些又該如何劃分呢？在我看來，它們都是時代劇。對我而言，所謂現代劇，就是以戰後日本為背景的電影。我的想法和感覺異常嗎？我不這麼認為。我想，會有人贊同的。

讓我們回到歐洲。一個歐洲觀眾在觀看他們國家的電影時會給它們分類嗎？我很想知道這一點。

寫到這裡，話題終於要來到安德烈・華依達身上。日本人接觸華依達作品的機會太少了，一般能看到的作品有四部：「地下水道」（一九五六）、「灰燼與鑽石」（一九五八）、「無罪的巫師」（一九六〇）和「二十歲的戀愛」（一九六二）。對他的作品介紹也很不足。佐藤忠男[24]曾前往波蘭，對華依達的「一代人」（一九五五）、「白色戰馬」（一九五九）、「亂世迷情」（一九六四）和「一切可售」（一九六八）做過簡要說明。我們透過黑德林・崔儂（Hadelin Trinon）所著的華

24 日本電影史研究家、電影評論家。

依達傳記首次第一次得以瞭解華依達的「參孫」（一九六一）、「西伯利亞悲情小姐」（一九六一）等作品。至於其餘的「天堂之門」（一九六二）、「Roly Poly」（一九六八）、「驅逐蒼蠅」（一九六九）、「戰後光景」（一九七〇）等，我至今還不瞭解內容。

即便是大致瞭解的十部，我發現它們絕大多數都是以過去爲素材。其中以「二戰」爲素材的電影有五部，「灰燼」和「西伯利亞悲情小姐」講述的是更遙遠的過去。完全以現代爲題材的作品只有三部，即「無罪的巫師」、「二十歲的戀愛」和「一切可售」。但以我對日本電影的思考來看，華依達就是一個時代劇作家。當然，這是句玩笑話。歐洲人看華依達肯定不一樣。黑德林說，在拍「西伯利亞悲情小姐」時，華依達第一次放棄現代題材，面向過去。這種感覺大概是正常的。實際上，我也有同樣的思考。我以爲，從這個意義上來說，以一九三九年德軍入侵波蘭爲題材的「白色戰馬」似乎也可以劃入「面向過去的電影」範疇。但我沒看過這部電影，無法下結論。

在前面這段長篇敘述中，我寫了許多理論性的內容。其實，我想說的是，華依達以戰爭爲題材的電影爲什麼在我的眼裡是現代劇呢？這裡面儼然存在了時間問題。「一代人」、「地下水道」和「灰燼與鑽石」被稱爲華依達的三部曲，拍攝、製作的時間在一九五四至一九五八年間，可以推測當時戰爭還像眞實事物般存在許多人心中。毋需贅言，這個問題作爲一個非常鮮明的主題也存在華依達的內心中。「二戰」期間，華依達才十三至十九歲。後來，他曾經如此回答他人的提問：

佐藤忠男：（……）與你本人的戰爭體驗有關聯嗎？

華依達：……我有某種情結。……在德軍佔領期間，我與地下組織有聯繫，但並沒有被關進強制收容所。當時，我剛好去了克拉科夫，沒有參加華沙起義。可以說，我錯過了那個時代發生的各種事情。我用作品塡補了經歷中所欠缺的部分。

波勒斯瓦夫・米哈威克：你經歷了怎樣的戰爭？戰爭期間，你在什麼地方？

華依達：……我幾乎沒有參加過抵抗運動。我的戰爭經歷很少。或許正因此，我想在電影中加以彌補。

不能完全相信導演說的話。不要以爲他對別人說過同樣的話，那就是眞實的。不過，若他對兩個人說過同樣的話至少有一點至少很清楚：華依達在心裡已經暗自決定，針對這個問題他要這麼回答。只有這一點是眞實的。那麼，我們來看一下他的回答。一個是他的「戰爭經歷很少」，或者「幾乎沒有參加過」任何抵抗運動或地下組織。在這種情況下，他回答中的「經歷很少」或「幾乎沒有」也可以用「完全沒參加」這樣的說法來代替。按我的推測，可以說他可能從沒參加過。沒用「完全沒參加」這種說法，是因爲他還是想參與的。另一句是，「用作品來彌補」這句話。話雖然很漂亮，但能用作品來彌補行爲上的欠缺嗎？這一點，採訪者的追問很不到位。顯然華依達本人也一定認爲這是無法彌補的。他自己清楚無法彌補的作爲或無作爲，可能成爲創作的動機。

但是，僅僅憑藉動機能創作出作品嗎？文學方面也許能，電影是做不到的。至少僅靠動機絕對不可能創作出傑作。過去無法彌補，這是我們面對歷史的一種悔恨。對這種悔恨的痛，感覺最強烈的人是華依達。一般波蘭人在面對歷史時，最多只有受害者式的悔恨。我相信，在世界上談到歷史時，波蘭是抱著最痛切悔恨的國家。但即便如此，不，正因如此，一般人也只有受害者式的悔恨。這時，華依達的抵抗運動和地下組織在面對歷史時，沒有任何作爲的行爲反而意味著他們具有發揮優勢的潛質。儘管如此，這一開始也僅僅是一種悔恨，是一種甚至連受害者式的悔恨都稱不上的悔恨。在羅茲電影學院學習時，若遇到人們敘述自己在戰爭中的體驗，恐怕華依達悄悄離開了自己的座位，或許至多也就微笑地說上一句：「我幾乎沒有參加過（戰爭）。」

這種面對歷史的悔恨，在以具主體性的悔恨呈現於「地下水道」、「灰燼與鑽石」之前，究竟發生了什麼事呢？一九五六年發生了波及波茲南城的去史達林化運動、民主化運動，在這些運動中，這一次，華依達採取了主體性的行動嗎？

這方面的情況我們一點都不清楚，既沒有文字紀錄，也沒有語言敘述，連佐藤忠男也沒有去追問過。我倒不是爲了維護我所敬愛的佐藤忠男才這麼說。在當時的波蘭電影界可能存在著難以涉及這方面話題的某種氛圍——我本人只在波蘭待了幾天就感覺到了。因此，在這種去史達林化及民主化運動就像地下的水流般活躍進行著的期間，我們不清楚華依達做了些什麼。但無疑可以推測，在此期間，羅茲電影學院和電影界毫無疑問是民主化運動的一個據點。一九五四年波蘭出現了幾個稱作「團隊」（EQUIPE）的創作集團。此前一直由國家直接管理的電影製作開始以完全不同的形式出現，這標誌著電影領域的民主化運動要比其他領域走在前面。當然，我們不清楚華依達在這中間，特別是在政治面究竟發揮了什麼作用。但是，在一九五四年，從以導演爲首的電影工作人員到部分演員全都是新人，他們「在不同於以往的原則下，製作截然不同的新電影」，「電影便是他們這群人提出的主張的宣誓書」（華依達語）。身爲這群人的領袖，華依達毫無疑問發揮了主體性的角色。

實際上，這時如果華依達明確地進行非史達林式的，或更進一步說反史達林主義式的政治思考，那就有點走過頭了。毋寧說，從「一代人」到「地下水道」再到「灰燼與鑽石」的摸索過程，他可能已經意識到自己的反史達林主義式立場。倘若進行大膽的推測，或許在完成「地下水道」後、即將開始製作「灰燼與鑽石」前，他對政治的思考達到了頂峰。而且，當他站在反史達林主義的立場上，波蘭的去史達林化、民主化運動正在開倒車。就像馬契克開槍後抱住斯祖卡[25]時背後綻放的焰火一樣，「灰燼與鑽石」既美麗又悲傷，因爲它反映了對於去史達林化、民主化運動的倒行，華依達胸口的切身感受。

也就是說，在面對一九四五年的一段空白時間裡，華依達在一九五六年將自己面對歷史的一切奉獻了出來，他拍了「地下水道」和「灰燼與鑽石」兩部電影。「一代人」是面對歷史情緒激昂的習作，「白色戰馬」就像是它悲傷的副產品。因此，包括後兩部電影在內，它們完全就是現代劇，永遠的現代劇，與每年盂蘭盆節化爲鬼怪出現的日本二戰電影截然不同。

25 馬契克與斯祖卡均爲電影「灰燼與鑽石」中的人物。

不過，這裡希望大家注意：拍現代劇的華依達，與某國拍時代劇但認爲其中有現代問題的導演絕對不一樣。素材的「過去」裡存在我們與歷史的關係，這種關係和現在我們與歷史的關係進行重複循環，華依達的電影就在這種情況中產生。以過去爲素材的電影若不經過這樣的過程製作出來，那無論作者如何強辯，也只是空殼。那才是眞正的「古裝劇」[26]。

說起古裝劇，我想起這樣一件事。黑德林曾引用《電影筆記》上的一篇文章，說：「華依達故意讓齊布林斯基[27]穿上流行的窄長褲子。華依達多次地，強調主張裡雙重性的一面，也就是說，出場人物儘管坐在小酒館的椅子上，比起酒精飲料，他更想喝馬基（抗德派）[28]水壺裡的水。不過，華依達又強調了主人公戴著一九五八年款淺色眼鏡。」黑德林雖然引用了這一段話，但他並沒有理解這段話的涵義。只將這段話當作結果來接受。一九四五年的反革命抵抗運動者（語言上多麼矛盾！）戴著一九五八年款太陽鏡並穿著緊身褲——這不是結果，而是方法。華依達將他的一切都押在這個方法上。

26 此處爲雙關，亦有「角色扮演」之意。

27 「灰燼與鑽石」中扮演馬契克的演員。

28 二戰中對抗德軍的法國地下組織。

針對佐藤忠男的提問：「波蘭電影看上去好像在『波蘭派』耀眼的活動後基本上沒什麼動靜了。」耶爾齊・卡瓦萊羅維奇回答道：「他們有時能幫助人們製作出好電影，有時也會陷入危機。」這句話特別奇妙。我曾問過同樣的話，也得到過同樣的回答。對華依達來說，波蘭一九五八年之後的時間可能不是「幫他製作好電影的時期」。不知是幸還是不幸，此後我只看過他的「二十歲的戀愛」。這部影片相反地在「現在」中加入了「過去」，非常優秀。我沒有看過他的其他電影，沒有發言權。但是，看了華依達的電影，我切身感覺到他的苦澀心情。

如果以當下的現代爲主題，一九五六年的華依達在面對歷史時恐怕無法像那樣發揮主體性，會有所局限吧。即使以戰爭爲主題，那也是非常遙遠的事情，恐怕「參孫」被人們批評爲「冷漠」也很自然。以遙遠的過去爲素材拍出傑作的新方法或許還沒有被發現。如此思考，我們便可以從華依達的作品一覽表中看見他所面臨的內與外的困難。

「如果我是自己作品的製片人、財務上能獨立的話，我應該就會拍出第二部的

『一代人』或『地下水道』了吧。」這是刊載在一九六三年一月四日法國《世界報》上，華依達對於伊凡娜．芭比的提問的回話，十分悲壯。我們因此會想起社會主義體制下的藝術家的命運。但是，作家絕不能創作「第二個ｘｘ」。我不會按字面意思完全相信那句話。華依達的作品雖然充滿了絕望的苦澀，但他沒有後退。

我想儘快看到故事從齊布林斯基死後開始的「一切可售」這部電影。由於一九六八年貝加爾莫國際電影節參展作品全都是「平庸的作品」，沒有頒發出有獎金的大獎。此舉引發多方的抗議聲浪，其中，瑪律塞．瑪律瑭在《電影一九六八》為作品出聲反擊：「此次評審委員會如果能評出『平庸獎』就好了。畢竟參賽作品除了『藍色的高盧女人』（密歇．古諾[29]）、『邊緣』（羅伯特．克拉莫[30]），還有『宴會與客人』（揚．內梅克[31]）、『一個女子和另一個女子』，這些都暫且不提，另外還有兩部最好的未公開作品：華依達的『一切可售』和日本導演大島渚的『絞死刑』。什麼叫平庸？」

或許是因為這樣的因緣，可能多少也有點感情用事，華依達在「一切可售」

29 法國演員、編劇、導演。「憂鬱的高盧人」是其一九六九年作品。

30 美國編劇、導演，作品有「美國一號公路」等。

31 捷克導演，作品有「變形記」等。

後，以前所未見的快節奏連續拍攝了「Roly Poly」（一九六八）、「驅逐蒼蠅」（一九六九）、「戰後光景」（一九七〇）等作品。我對於這中間肯定有的某種原因十分期待。齊布林斯基的死也許在華依達的內心點燃了某種激情。對於歷史與自我之間的關聯，即刻的優秀挖掘方法，一是暫時地否定它，一是包容它並前進，華依達持續修練著這兩項作業。

華依達說：「在波蘭，對藝術家的要求比在其他國家要多。」這有時是榮耀，有時是重任。華依達身處之地既遠離聲勢浩大的第三世界民族解放鬥爭，也遠離資本主義國家一再受創卻不斷產生新突破向前發展的新左翼革命運動。如果沒有發生例如一九五六年的去史達林化、民主化等應與華依達相連結的運動，那他當時堅持以自己的節奏創作電影的行爲就會有重大的意義。那裡一定會誕生出，超越波蘭國民、波蘭國家要求的，爲全世界的民衆而拍的「像宣告勝利的曙光般閃閃發光的鑽石」般的結果。

❖ 跨越時空的共同戰線——

我虛構黨派的朋友／追悼齋藤龍鳳

十年歲月，既短暫，又漫長。有人委託我寫一篇文章，要談論齋藤龍鳳[32]的電影評論。為此，我不得已陷入了翻閱十年份電影雜誌的苦難中。我不得不面對，自己那不全是幸福的過去。這完全可以稱得上是種災難。儘管如此，我還是接受了這份苦差事，原因只有一個——許多人都知道，現在也已經成為一則傳說，他曾將剛出道的我介紹於電影雜誌，我想報答此份辛勞。但是，像這樣反覆翻閱電影雜誌，我不禁感到所謂的電影批評所帶有的某種空虛。

現在，我想將齋藤龍鳳的所有文章一覽而盡，卻做不到。在我眼前的有三一書房出版的兩本評論集、以《電影藝術》[33]為主的雜誌，以及部分像《現代之眼》、《話的特輯》等過期雜誌。此外，龍鳳的確還曾為《朝日藝能》、《TOWN》、《日

32 日本知名電影記者、評論家。

33 《映畫藝術》：日本電影季刊，小川徹任總編輯時的作家陣容包括吉本隆明、三島由紀夫、武田泰淳、花田清輝等大家。

本讀書新聞》寫過文章，但我手頭幾乎沒有這些報紙雜誌，更不用說他在大學報紙、日報上發表的文章了，一些匿名文章也是無法追尋。沒辦法，要寫這篇文章，我只能依據手頭的資料，以及從編輯部借來的他早期的文章剪報（可能是用來編他的第一部評論集時用的基礎資料）。

接著，讓我再次驚訝的是，龍鳳幾乎沒有爲與《電影藝術》地位相當的《電影評論》寫過文章。我沒有時間去翻閱《電影旬報》或《劇本》，估計情況是一樣的。這些狀況，我想先清楚告知閱讀這篇文章的人，以及龍鳳本人。同時，理由請容我於文後談及，我想明確地先說一件事：手頭資料的缺乏，我本人有責任，同時一部分責任可能要歸於龍鳳本身。

作爲《內外時報》的電影記者，齋藤龍鳳在報紙上發表了大量電影評論。他開始在其他地方正式發表文章是在一九六三年的《電影藝術》雜誌，在那之前，似乎也在雜誌上發表過一兩篇評論，但龍鳳超出電影領域、自成一格的評論始立於他一九六三年在《電影藝術》五月號上發表的一篇〈惡黨論：村井長庵[34]的惡

34　日本江戶時代歌舞伎戲劇中的人物，身份爲醫生卻作惡多端。

業繁華〉。這一期雜誌上，小川徹的名字也出現在編輯部名單。而從我手邊有的雜誌來看，二月號上有龍鳳的影評，但沒有小川的名字。因此，可以說龍鳳在其任職的報社外眞正開始介入影評，與作爲編輯的小川徹不無關係。

此後，兩人也一直維持著不可分割的緊密關係。當然，現在沒有時間討論小川徹，我不再去深究這個問題。只是我認爲，在研究龍鳳的電影評論時，這個事實經常浮現在我的腦海裡，這是最大的關鍵。

言歸正傳，龍鳳一拿起筆爲《電影藝術》寫影評，便以驚濤駭浪的氣勢展開進攻。在之後近兩年的時間，即到一九六五年辭去《內外時報》的工作爲止，他幾乎在每期雜誌都提出了辯論，正可說是意氣風發。對《電影藝術》來說，他也是最值得信賴的評論家。在此期間，龍鳳的評論的主要對象和主題幾乎可一覽無遺。在此可以粗略地整理如下：

一般電影論

即站在民衆或革命的一方所見的電影論。這既是電影形勢論，有時也是產業評論。龍鳳本人經常使用「大衆」一詞，而非「民衆」，但不管怎麼說，他是從爲了民衆、爲了革命（或是與反革命的鬥爭）角度，對現狀進行批評、控訴。若以他的第一部評論集《游擊的思想》中收錄的文章來舉例，包括以下等篇：〈電影屬於大衆嗎？〉、〈批判「白日夢」的批判〉、〈後退階段的日本電影：一九六四年的總結〉、〈地獄到天國的轉身：黑澤明這個男人〉。

今村昌平論

龍鳳可以說從兩個面相論述了今村的作品。第一，今村描寫的人物，總是龍鳳所相信的——有大衆味的大衆，即龍鳳心中根深柢固的民科[35]所持的歷史主義觀中的「大衆」。第二，超越這種定位的今村個性化表現的生活感（包括了性的感覺），和戰後廢墟黑市派[36]的龍鳳很接近。這方面的文章有〈欲望的組織者：今村昌平這個男人〉、〈基層社會的性：「日本昆蟲記」的主題〉等。

35 全稱爲「民主主義科學者協會」，由自然科學、社會科學、人文學者建立的左派團體。

36 指三〇年代出生，青少年時期在二戰中度過的人。語出野阪昭如。

戰爭電影論

龍鳳的論述幾乎把戰爭電影與自己的戰爭——作為海軍飛行官學生的體驗——重疊在一起。這方面的文章有〈我的軍隊論：「陸軍殘虐物語」〉、〈我的海軍時代與「出擊」〉等。

時代劇論、黑幫電影論

反社會主人公活躍的電影也是龍鳳喜歡論述的對象。初期，喜愛這種時代劇和黑幫電影的同時，龍鳳會為電影裡的主人公進行歷史定位，以及尋求電影本身在環境中的位置。

由此，我們可以瞭解到，在小川徹參與編輯的《電影藝術》雜誌中，齋藤龍鳳是一個明星評論家。對於這本雜誌最喜好的主題如革命、性、戰爭、黑幫，龍鳳身為論客無役不與。而且，龍鳳最擅長的，就是他的發言都是站在大衆的立場。但是，反過來說這也是他最缺乏的，龍鳳從未把自己放在與大衆對立的位置來思考問題。此外，還有一點，既是龍鳳的強項也是弱點，就是他人如其文，全身心投入於革命、性、戰爭、黑幫等主題，如果跳脫本人的體驗，就沒有那些文章。然而，隨著青春逝去，新的體驗也逐漸減少……

齋藤龍鳳於一九六五年一月辭去了任職約十年的《內外時報》。在一九六五年秋天出版的《游擊的思想》後記裡，龍鳳寫道：「從報社工作者轉行到電影評論家……雖然是個有諸多丟臉事的工作，但我想要堅持一段時間。這個工作即便沒有相當的學問也可以做，從事的人也很少……」龍鳳為什麼要放棄新聞記者這樣一個相對而言身份受到認可的職業，去從事電影評論，這樣一個不穩定、能否作為一份獨立的職業還很難說的工作呢？

「我決定再一次打破日常，給自己一個鍛鍊的機會。」（〈與優雅生活的訣別〉、《日本讀書新聞》一九六五年二月一日）這句話背後可能藏著極為複雜的公私夾雜的情況，探究這個不是我現在的工作。龍鳳曾經問我：「我想辭職，你覺得呢？」我回答他：「最好別辭。不管是什麼情況，我只能回答你：最好別辭。」

對自己冷漠的回答，我並不後悔。

不管怎麼說，龍鳳鼓起勇氣，辭去了《內外時報》的工作。但是，無論如何奮勇，離開一個地方不會僅僅是因爲外部的狀況，是內心的矛盾促使他不得不這麼做，這是種必然結果。用俗話來說，與其說因爲一帆風順，前途坎坷或預感前途坎坷才會促使一個人離開。我不知道這句話適不適合龍鳳。

龍鳳辭去工作後，寫作量上有所增加，但在其主要舞臺《電影藝術》雜誌上發聲的次數和分量都急劇下降。爲什麼會如此？特別是分量，字數變得很少，一般是一頁半，最多兩頁，這令人憂慮。不會是小川徹只給了他很小的版面吧？如果不是這樣，那麼，除了他自身的衰退外沒有其他理由了。

我不得不這麼想，從一九六三年開始最多到一九六五年，齋藤龍鳳完全失去了他作爲電影評論家的地位，此後只留下一些政治活動家性質的雜文，或說只留給我們一個以雜文爲副業的政治活動家形象。龍鳳在一九六九年四月出版的

第二部評論集《武鬥派宣言》中談論共分五大類，其中只有一類與電影有關，僅收錄了六篇文章。這六篇文章中有四篇原來刊登在《新日本文學》，刊登在《電影藝術》上的論文只有一篇，即一九六五年十月的〈無趣的俠義黑幫路線與前衛〉。一九六五年十月以後的文章幾乎都被忽略了。在這部評論集的後記，作者寫道：「我想我不得不轉變自我，從電影評論家這個所謂的虛業、一種無法營生的存在轉變。」從一九六五年初辭去《內外時報》的工作起，龍鳳就決心把自己行動的重心放在政治實踐，而非電影評論。我們不難推測，這或許是出於他覺得自己的電影評論路已經窒礙難行，就算是無意識下，他還是有了這種覺悟。

我現在沒有心情去評價齋藤龍鳳的政治活動。在一九六四年發表的〈電影節，中蘇爭論〉中，他用大量篇幅描述蘇聯電影節和中國電影節。文章的最後，他給了中國電影節通融的高評價，理由是「我對這兩個社會主義國家的電影節的批評，自始至終，都來自我最輕蔑的印象式評論。（這樣的情況三年間也許會出現一次，可有可無！）如果再追究下去，現在的我支持從未如此強大的中國的總體路線。」我感覺，這才是齋藤龍鳳這個人的眞實聲音。也就是說，甚至連電影評論，他都要從更政治性的角度來討論。因此，在次期雜誌上所發表的追記中，他說：「我爲〈電影節，中蘇爭論〉寫得不好感到懊悔，有一種『哦，糟了！』的心情。我以爲我只是純粹喜歡中國、不喜歡蘇聯、不大喜歡代代木、更討厭左派的結構改革。雖然我是武井昭夫[37]的文章的忠實粉絲，但此時的新日本文學給人的印象並不好。我以爲就算是自己一個人，只要與任何人都能良好配合就好，這個世界會變得熱鬧。但這種想法太幼稚了，果然還是行不通。」看到這種辯解或自我批評時，我想龍鳳肯定會遭到別人（我也是其中一員）的批評。同時，我感同身受地推測，將寫影評作爲一種職業，具體的說是去寫適合《電影藝術》的影評，可能更加重了龍鳳的負擔。

如此看來，我想在此不去談論齋藤龍鳳的政治活動，同時也不談收錄在《游擊的思想》外的影評是合乎禮節的。但是，我必須要觸及一個問題，那與我有關，如果不談反而失禮。

37 日本文藝評論家。

龍鳳對我的第一部電影「愛與希望之街」報以大力支持，這件事衆所皆知。龍鳳曾說過這樣一段話：「（一九六〇年）七草節[38]剛過，馬上迎來藍絲帶獎的選拔會議。我推薦了大島渚的『愛與希望之街』。如果這部作品拿不到最佳影片，就該給他最佳導演獎，拿不到最佳導演獎，就給他新人獎、特別獎。總之，我向各個獎項瘋狂推薦大島渚。記者會上中高年齡的大頭們幾乎都沒看過這部電影，大家都在議論：『大島渚是女演員嗎？』、『沒聽說過這個名字呀。』我莫明被孤立。最終，當我向最後的特別獎推薦大島渚時，過半的記者用異樣的眼光注視著我。憑我所屬的《內外時報》的一票，加上坐在正前方的《共同通信》雜誌的部分人士，如影評人齋藤正治等人的同情票，大島渚的得票數終於過半，獲得該獎項。這時，我第一次感覺到自己做了件電影記者應該做的事。我記得作爲《時事通信》記者的小川徹當時也在與記者會的大頭們斡旋……」（《電影藝術》，一九六五年八月號）對此，我一有機會就會向他表達我的感謝之情。

經過無法拍電影的三年時間，我在一九六五年拍了「悅樂」一片。當龍鳳在

38 源自漢族的傳統節日。日本的七草節爲一月初七，當天早上習慣要吃加了七種蔬菜的粥。

《電影藝術》（十一月號）發表〈變成『鴿子』的大島渚〉的猛烈抨擊時，我的感受自然是受到一股衝擊，或者說像被醜聞纏身一般。不過，那篇文章也不過如此，短短一頁左右的文章，內容極其空乏。龍鳳完全不瞭解這部電影，他極力指稱：「我不得不說，沒有權力的人是沒有快樂的。」而那正是我想要表達的事物。正如「愛與希望之街」裡沒有愛與希望，「悅樂」中並沒有快樂。龍鳳對此並不理解，為什麼呢？因為龍鳳認為他理解了「愛與希望之街」，在此之上作了判斷。但或許龍鳳連「愛與希望之街」也不懂。他說「變成『鴿子』的大島渚」，但所謂鴿子，究竟又是什麼呢？龍鳳只說了它是「和平的使者」，那又是多了陳腐的象徵啊。

不是的。「愛與希望之街」中的鴿子並非如此廉價之物，它是更具體的東西。鴿子是貧窮少年的謀生手段，藉此連結了少年與有錢人的虛假友情。槍擊鴿子就是拋棄虛假的友情，同時又意味了資產階級的存在，使無產階級的謀生手段遭到破壞。龍鳳說「變成『鴿子』的大島渚」，但是當他沒有理解關鍵的鴿子的意義，這句話不具任何意義。

如此看來，除了這篇短文，龍鳳「沒有寫過關於我的評論」這件事的含意也更明確了。龍鳳甚至沒寫過「愛與希望之街」的評論。他所做的，只是一些支持大島渚的活動，而在五年後他所做的，也只是否定大島渚的活動。

不過，我很清楚龍鳳透過〈變成「鴿子」的大島渚〉這篇文章，想要表達的事物。龍鳳想對我說：「去拍更具揭發性的電影吧！你一定要堅持當整個日本電影界、甚至是整個日本的告發者。」證據就是，翌年龍鳳在《電影評論》的十大佳片中放入了「潤福日記」[39]，他說「這正是揭發性的電影」。我堅持認爲自己對於整個日本、日本電影界都一直是一個揭發者，但這並不是透過像龍鳳所說的拍攝揭發性電影來達成。我以其他的形式在創作我的揭發性電影，這點龍鳳無從理解。

如果僅是如此，那我還是十分幸福的。龍鳳在這篇文章中說：「在『青春殘酷物語』中，任何人都在爲咬上一口蘋果而感激時，我在思考槍殺鴿子的男子的

39 大島渚於一九六五年拍攝的短片，內容爲訪問韓國時的影像紀錄。

拍攝策略，我為了這是否填補了從處女作到第二部作品間的巨大落差感到躊躇。同樣地，在『太陽墓場』之後拍『日本的夜與霧』也在預料內，我苦苦掙扎了一整天，認為在拍攝策略上，我們還是應該給予高度評價。」

當他如此坦白，或者是假裝坦白，都只從戰術來談論我的作品時，我除了「遺憾」找不到別的詞彙形容。龍鳳寫出這樣的文章，於公於私有各樣的背景存在。但不管怎麼說，他的批評以「大島渚昔日的盟友今日的批判者」的形式出現，比起批判，更像是一種媒體宣傳上的攻擊，以此獲得電影記者身份的一定地位。對於這種惡習的第一號事例，比起憤怒，我至今仍是難以壓抑的滿腔遺憾。

此後，我再沒有讀過龍鳳關於我的作品評論。他暫時沒有在《電影藝術》上發表文章。他在《新日本文學》發表文章時，我對新日本文學會[40]的批判正在《電影藝術》發表，當然也就沒有讀過那本雜誌。據說，他在一九六九年三月號的《電影藝術》上發表了「新宿小偷日記」的評論，但那時《電影藝術》沒有寄書給我，我沒有讀過。此次，在第一次讀《武鬥派宣言》時，我才讀到他發表在《新

40 日本戰後出現的日本文學團體之一，一九四五年成立，二〇〇五年解散。

日本文學》上的部分文章。不過，松田政男[41]在〈狙擊手齋藤龍鳳去哪了？〉、〈批評戰線的頹廢與重生〉中，從內容到寫作主體的態度等方面對龍鳳的文章作了詳盡的批判。原本，松田政男的評論：「龍鳳對武井昭夫（即對《新日本文學》）支持，並對女學生揚揚得意地說『我喜歡毛澤東』（《現代之眼》，一九六八年十二月號）這兩種做法，是如何做到和平共處的呢？」太堅守原則了，顯然對龍鳳過於偏護。在政治上，龍鳳的黨派性也就是前面提到的這些文章的程度而已。如果只是這些，我還是喜歡的，但我還是想儘快遠離龍鳳在沒有將電影評論作爲自己主要任務時寫作的文章。

《電影藝術》編輯部發生了小小的變故。換了出版社之後，雜誌仍由小川徹任總編輯，復刊後的第一期（一九七〇年八月號）終於寄贈給我，於是，隔了好一陣子我又讀到了齋藤龍鳳的文章。

「我並不勤奮，現在，我只是祈願自己能夠安靜地生活下去。

41 日本政治活動家、電影評論者。

爲做到這一點，有必要做到不發言，不發表文章。儘管如此，我還是想給復刊的《電影藝術》寫點什麼。我認爲這與向新開業的柏青哥店贈送花籃沒有多大差別。

恰巧店主小川徹，是我所有幾乎斷絕了往來的友人中，僅剩的舊友。

我錯將日韓鬥爭[42]當作階級鬥爭的決戰，從職場跑向街頭……

不知不覺，時代進入了七〇年代。我仍然緊抓著七〇年代決戰的觀點不放，又吃了很大的苦頭……

七〇年代一開始，我就活得很淒慘，在精神病院迎來了元旦……

和我預想的一樣，今年的六月十四日，我一邊哄著孩子睡覺，一邊看電視，度過了這一天。我希望至少東映能不受束縛，繼續拍攝黑幫電影。

42　一九六五年日韓簽訂〈日韓基本條約〉後引發諸多爭議，是日本在安保鬥爭後最大的群眾運動。

我承認這是類型電影。在此基礎上，作爲一種排遣、一種散心，我還會繼續觀看東映的黑幫電影……

未能成爲高倉健的男子正值本命年，正一個勁地祈願他的獨生女能夠成爲紅牡丹[43]……

東映的黑幫電影啊！不要去考慮會破壞被排除在體制外的人們的共鳴和期待。微弱的希望只存在於多餘人的心目中。」

後來，我因病住院。《電影藝術》從一九七一年一月號開始再次寄贈給我。這時的雜誌雖然也有關於彭特克沃、利贊尼、波羅尼尼[44]等人的文章，但興趣主要集中在東映黑幫電影。受人矚目的《現代之眼》四月號上刊登的〈爲什麼人們鍾情於黑幫電影〉是好久沒有看到的齋藤龍鳳下功夫寫的一篇長文章。

文章主旨與前面引述的內容基本上沒有什麼不同。經過了六年空白期，再經

43 指東映系列電影「紅牡丹賭徒」中的女主角。

44 分別爲吉洛・彭特克沃（Gillo Pontecorvo）、卡洛・利贊尼（Carlo Lizzani）、莫洛・波羅尼尼（Mauro Bolognini），均爲義大利電影導演。

過將活動重心放在政治活動上的時期，龍鳳果眞想要讓自己作爲一個批評者重新回歸電影評論領域嗎？我無從得知。不過，龍鳳認爲現在如果要評論電影，應該就黑幫電影進行評論。這應該是正確的。

也許龍鳳提不起精神寫普通的電影評論，但現在已不是他曾信奉的揭發性電影揭露社會現狀的時代，因此，龍鳳不僅是對拍攝了「悅樂」後的我，對若松孝二、小川紳介，甚至是足立正生、金井勝等導演也都沒有任何興趣。

如果今村昌平出新作品，龍鳳還會像以前那樣充滿激情地對它加以批判嗎？我想他不會。即便能將圍繞著今村電影的原住民、基層社會等概念或修辭與初期的龍鳳強行地聯繫在一起，在政治活動中體驗到更多絕望的龍鳳超越政治看到了實質，無論從好的還是從壞的方面來說，這些概念或修辭都再無法令他狂熱了。

部隊或戰爭既遙遠，又在眼下，將它與自身體驗結合起來的敘述已是不可能。

因此，一直對大衆電影關注有加的龍鳳只能執著於黑幫電影了，而且還是古典式的黑幫電影。這裡已經看不到曾經說：「我對黑幫電影導演的批判就是：創作者，以後不要再迷戀俠客了！」（《電影藝術》，一九六五年十月號）這番話的龍鳳的內省了。

這是篇絕佳的文章，不知爲什麼這篇文章沒有收錄進《游擊的思想》，小標題是按順序編排的，如①拍攝黑幫電影的澤島忠[45]（「續・飛車角」）、②日美兩敗俱傷，子彈一發未中的井上梅次（「暗黑街最大的決鬥」）等。他向衆導演提出忠告，說：「（黑幫電影）爲了隱藏徹底的暴力或寓意托付，藉由被道具化的訊息來揭發（這也是一種姑息），不然就是將它當作笑話看。黑幫電影成爲不過如此的素材。……導演一開始就打退堂鼓不失爲一種聰明的做法？」

龍鳳在熱愛黑幫電影的同時，又看到了它的局限。在這裡我們看到了龍鳳以冷靜目光和輕快精神所踏出的步伐。現在，同一個龍鳳這樣輕快地寫出：「醜話先說在前頭，我不會考慮人情世故講些場面話。」並在文章結尾處大聲疾呼：

45 澤島忠、井上梅次、山下耕作均是日本電影導演。

「儘管已見夕陽，但黑幫電影、山下耕作！千萬別當一條走狗！」首尾精采地彼此呼應。

不過，我將兩篇評論放在一起，並非要說它們哪一個好。我只是在想，在這兩篇文章間，八年的歲月流逝，這八年是日本、日本電影、黑幫電影以及齋藤龍鳳的歲月。然而，我知道齋藤龍鳳決意只對黑幫電影抱持興趣，而且要對黑幫電影一究到底，我暗自期待了之後的發展。熱愛黑幫電影本沒有什麼，但就黑幫電影指手畫腳寫文章當飯吃，我有時覺得這有點反黑幫電影的意味。不過，我正重新考慮，像龍鳳此次這樣追根究柢的態度或許也挺好。

爲了寫這篇發表在《現代之眼》上的文章，齋藤龍鳳去了一趟京都與山下耕作見面。在京都，他還與腳本家笠原和夫、製片人俊藤浩滋見面。

不僅如此，他還見了許多人。在文章中他提到這一點：

「我決定去見今村昌平。……當我和他在一起時，我們儘量說一些電影之外的話題。」（〈欲望的組織者：今村昌平這個男人〉）

「我突然想與西村昭五郎導演見上一面。……這是他帶著夫人去了大阪後的事了。」（〈乞食的兩種力道：批判《自行車上人物記》[46]的實踐性教訓〉）

「我只見過加藤泰一面。……與劇本作家國弘威雄相見是今年春天，在澀谷南平臺的一個旅館裡。（〈抒情的大正無政府主義者：加藤泰論〉）

「槍殺鴿子的時候，我想無論如何都要與大島渚見上一面。（〈變成「鴿子」的大島渚〉）

「黑幫電影的國王，俊藤浩滋！我與這個先生有過一面之交，但我的腦海裡至今還留有他那可怕的印象。……我想什麼時候無論如何也要再一次與俊藤先生見上一面。（〈叱呵東映黑幫電影〉）

46 由西村昭五郎執導、今村昌平與大西信行共同編劇，日文片名為「競輪上人行狀記」。

我將自己看到的內容做了個大概的引用，曾斷言「創意的根源在於人」的龍鳳一旦發現能讓自己激情燃燒的人，就一定會去見他。我並不想將這一點歸結爲龍鳳當新聞記者時養成的習性，毋寧說，對人的這種激情使他良好地完成了作爲新聞記者的工作。因此，很多情況下，齋藤龍鳳的影評是對創作者的一種激勵，是對觀衆的宣傳文。

我並非貶低激勵性或宣傳性的文章，說它們不是評論。如果沒有熱愛，哪裡寫得了評論文章。具有滿腔熱愛的激勵性文章、宣傳性文章是最好的評論。從這層意義上說，龍鳳是寫影評的能手，尤其是他作爲《內外時報》記者時所寫的的電影評論，將會存留在日本電影的評論史。

《游擊的思想》收錄了其中一部分文章，我在這部書的書評中曾經說過同樣的話。或許由於一開始他就爲我做了驚人的造勢，後來便沒有寫過關於我的精采評論。人與人之間的關係，也許鮮少事物可以超越最初的感動，這也是無可奈何。再加上龍鳳本人過早出清了掌中珍物，十分可惜。看來，他不僅對女人，對男人也是常常背叛的，這樣一想我也沒有什麼好堅持的了。

但是，跨越時間的共同戰線還是存在的，只是它只出現在直接的戰鬥場面上。電影屬於直接從事創作的人之間的事物，龍鳳也許也曾這麼想過吧。並非如此，影評，也是一種直接的戰鬥，但齋藤龍鳳似乎無法完全相信這一點。當本人都不相信，那就沒辦法了。因此，他不接觸從事電影創作的人，而是與從中引退的人保持深交。或許到了最後，只有東映的黑幫電影是他想共同戰鬥下去的。

儘管如此，齋藤龍鳳曾於今年三月十六日或十七日去東映的京都製片廠時，順路到大映的京都來見我。我們多長時間沒見面了呢？交談的話又是更久遠之前的事了。龍鳳究竟想說些什麼？想打聽些什麼呢？他曾引用過切・格瓦拉一段煽動性的話。

「不管死亡在什麼地方襲擊了我，只要我們戰鬥的吶喊聲能傳入人們的耳朵，人們會從倒下的我們這裡拿起武器，在機關槍連續掃射的聲音中爲我們唱起送葬之歌，高呼新的勝利。」對此，龍鳳說道：「我寫不出如此美麗的文章。但我論述電影的基礎毫無疑問地就被集中在這段詩意的文脈中。我希望人們的耳朵、人們的手，就是大島、石堂、小川、恩地以及松田的耳朵或手。」

眞是個思維混亂的對手。我不該完全相信愛憎異常的龍鳳的話，但是現在又很想相信最美的這句。這才是唯一的道路，後人能從自己身上挖掘出美麗的事物。

龍鳳啊，齋藤龍鳳啊，我的確聽到了你的呼喊。你的呼喊既表達了我們這個時代的遺憾，也傳達了以寫影評爲生的你的懊恨。呼喊的迴響正如你敘述自己生活的文章那般，既美麗又悲傷。龍鳳啊，你的武器——是啊龍鳳，你的武器已經破爛不堪，但這擊破邪惡的利劍會在討伐陣營內的敵人時發揮作用。我帶著感激收下了它。

龍鳳，

我沒能去參加你的葬禮。不知出於哪種因緣，身為「儀式」導演的我以川口小枝和高田昭[47]的媒人身份參加他們的婚禮。根據婚葬喜慶習俗，紅白帖衝突的時候，一般情況是要去參加白帖祭儀的，但媒人不該缺席婚禮。「儀式」中出現了沒有新娘的結婚典禮的場景，但那是電影裡的場面，我只能遵循世俗常識。請原諒我。

我參加了你的守靈儀式，龍鳳。我和松田政男、竹中勞、太田龍和高阪進一塊去的。松田說「這五個人眞是令人不愉快的結合啊」，但這也是沒有辦法的事。我們在你位於紫莊的家中給你上了香。房間裡放著你那張似乎是得意作的知名裸照。這勾起了我悲傷的回憶，不忍直視。我眞淺薄，在你的書架上尋找有沒有我的書。還眞找到了一本。龍鳳，你還保存著它，沒有將它賣了。不過，這的確是本賣不出去的書。

此後，我們去了位於野方的車站附近的守靈地，好像是在一家壽司屋的二樓。說實話，為你守靈眞有點寂寞。小川徹為了振奮現場氣氛，拚命地想聊些

47 川口小枝曾出演大島渚「白晝的惡魔」。高田昭是電影攝影師。

關於你的回憶。佐藤忠男還是老樣子，板著通紅的臉，泰然地坐在那裡。吉田喜重和矢島翠提前離開了守靈的現場。然後，我看見冬樹社的高橋徹和《電影一九七一》的作者山根貞男。其他幾乎都是我不認識的年輕人，他們可能是你一時大力結交的黨派人士吧。松田對那些人說：「你們要以黨派的人的身份手持旗幟參加葬禮嗎？」他們回答道：「我們不會帶旗幟的。」

最終，葬禮上沒有黨派旗幟，只有松田政男一個人拿著自製的紅旗放在你的靈前。那些年輕人舉止成熟，反而是松田像個小孩。不過，我很喜歡松田這種孩子氣的做法。你如何呢，龍鳳？

龍鳳，

你是黨派中人，你是希望自己屬於某個黨派的人，你是想尋求自己應該歸屬的黨派的人。我們年輕時，歸屬的黨派只有一個，你當然也是。但是，瞭解到那個黨派並非真正的革命黨派時，你開始了漂泊生活。對你來說，報社工會、電影雜誌、安眠藥都是黨派的替代品。你一直在尋找眞正的革命黨派，一個你能夠全身心投入的黨派。新時代來臨，比你更年輕的人分別在他們的周圍開始建立起自己的派系。龍鳳，你對這些年輕人表現出了熱情，與其中某一派相交甚深，但我不知道你們的交往究竟是怎樣。不管怎麼說，你的葬禮上，沒有出現黨派旗幟。我知道，在那個哭泣的夜晚，已經四十歲的你一定會說：「如果是像切・格瓦拉那樣的革命家，在三十九歲時就應該死去。我已經過了那個歲數。」

龍鳳，

守靈的那天晚上，有人讓竹內達發言，我沒有說一句話。我並不十分瞭解你的情況，我只認識那個活力、勇健的，當新聞記者的你。我受你鼓勵，被你賦予力量，得你相助。你的朋友都在回憶他們激勵你、幫助你的過去。但是我相反。我不願見到與我的印象截然相反的你，我絲毫不去聽關於你的傳聞，我甚至掛斷了電話。你也許認為我這人很薄情吧。

龍鳳啊，

第一次與你相見時，你眞是颯爽英姿，笑起來可以用「豪爽」一詞來形容。正大光明地認可我的第一部作品「愛與希望之街」的只有《內外時報》一家報社。當時，報社的文化部部長玉城鎮夫寫了一篇題爲〈劃時代新人的作品〉的評論文章，他動情地讚美道：「這部作品從正面否定了松竹大船電影所具有的『曖昧』，充滿了激情。」

你以《內外時報》的採訪記者出現在我的面前，對我說：「我在五反田看了這部電影。不在首映館上映挺好的。你的電影不應該在銀座、有樂町這些地方上映，更適合在千住或荒川[48]等地觀看。」「愛與希望之街」沒有得到公司的信任，一開始便在二線影院上映，我爲此傷透了心，甚至想自己還能不能拍第二部影片，陷入了絕望的境地。這時，你豪爽地一笑，說我不必想那麼多。我開始拍電影後，開始認識了許多人，但最高興的就是與你相會的那一日。

48 日本東京都的地名。與銀座、有樂町相比，荒川、千住區內有許多大規模開發的住宅，庶民生活感強烈。

龍鳳啊，

是的，你是完全正確的。我必須堅持拍攝應該在千住、荒川放映的電影。然而，日本走向倒退和電影界走向衰微使我無法這麼做。更重要的是，沒有一個我們所屬的黨派能夠讓我這麼去做。在對千住、荒川懷有無限深情的同時，不，正由於對這些地方懷有深情，現在的我才在藝術劇場這個地方拍電影。你一定會問：藝術是什麼？我也想問問這個問題呢。你一直對千住、荒川情有獨鍾，結果喜歡上黑幫電影。我和你走上了不同的道路，在這之間，我否定的松竹電影回到了曖昧的十年前，不，是二十年前。真是遺憾啊，龍鳳。

龍鳳啊，

三月十六日，不知是哪陣風把你吹來，你來到我拍攝「儀式」的大映京都製片廠。但非常遺憾的是，那一天我一整天都在東京。回京都後，工作人員在房間裡的黑板上寫著：齋藤隆保[49]來訪。我只是默默地擦掉黑板上的字，甚至提不起精神呵斥正向我說明情況的副導演。此後不到十天，我就聽聞你的訃告。你過了這麼久來找我，究竟是想對我說什麼呢？我想讓你看看我的「儀式」。龍鳳啊，我虛構黨派的朋友啊，現在的我只有無限的懊悔。

49 齋藤龍鳳的本名。

❖「現代主義」登場的時候——追悼增村保造

增村[50]的第一部作品「接吻」問世是在一九五七年七月。

大概過了一年左右，我在一九五八年七月號的《電影批評》雜誌上發表了一篇名為〈這是突破口嗎？——日本電影的現代主義者〉的文章。文章中，我論述了中平康[51]、白阪依志夫和增村保造。當時我二十四歲，在松竹大船製片廠當了四年副導演。現在讀來，年輕時寫的文章令人汗顏，不過，我還是想引用一段：

身為現代主義者的增村保造與日本電影及其背後的日本社會中佔主導的情緒、眞情和氛圍背道而馳，「只以誇張地描寫活著的人的意願和熱情為目的。」三人中，最具社會科學銳眼的增村知道，「(社會科學)從本質上講是統御性的。在不存在自由和個人的日本社會裡，日本電影以只能服從社會規範而生活的日本

50 日本電影導演，作品有「情死曾根崎」、「好色一代男」等。

51 日本電影導演，曾任黑澤明、木下惠介等人的副導演，代表作是「瘋狂的果實」。

人的感情為主題，無法堅持刻畫人在面對複雜人際關係時的態度、被社會性關係所壓制的內心矛盾以及自由的敗北。」

他下了決心，「描寫呼吸了兩年歐洲空氣後所瞭解到的美麗、豐滿、強大的人，儘管這種人在日本只是觀念上的形象。」「這種方法是否正確？不，答案也許是否定的。」他如此反省，與此同時，將「接吻」中的年輕戀人、「青空娘」中的女僕之女、「暖流」中的石渡銀等壯烈的人物形象搬上了銀幕。

引號中是增村說的話。在此之前，日本電影界還沒有出現過像他這樣鮮明地將自己的方法理論化的導演。這種自覺的方法也被運用在具體的作品上，精采地影像化，給人帶來巨大的衝擊。

儘管如此，當時他使用的語言實屬牽強。說白了，就是在毫無個人自由的無聊日本，以現實主義方法拍攝電影一點都不有趣，因此即便是謊言他也塑造了生氣勃勃的主人公形象。

現代主義者就是以這樣的形式出現在日本電影。他們之所以能出現，不僅僅是依靠藝術上的素質或對社會的認識。他們敏銳地觀察著二十世紀五〇年代後期電影產業的存在形式和日本社會環境，以一種必然的姿態出現。

戰後數年，針對日本社會混亂中的前近代制度和人際關係，人們要求自由與權利的鬥爭越發激烈。電影產業一方面推出具有傳統的、前近代性內容和形式的作品，另一方面又創作出與鬥爭方向相吻合的作品。這時，木下惠介、今井正[52]、黑澤明等人的作品獲得了年輕觀眾的大力支持。

不久，國家權力再次開始露骨地站在支持日本社會前近代性的立場上。隨後，電影也出現了這種情況，但人們要求自由和權利的鬥爭仍在繼續。

到了二十世紀五〇年代後半期，戰後過去了十年，戰敗的混亂暫時得以治理，人們的物質生活也基本穩定。政治上，與世界上兩大陣營形成呼應，保守和革新勢力旗鼓相當，日本迎來了相對穩定的時期。電影界，此前一直支持對木下、

52 日本電影導演，代表作有「青色山脈」、「純愛故事」等。

今井等人的前近代性作品進行激烈批判的年輕觀衆，被納入日本社會的前近代性結構，開始浸染於保守主義的氣氛；而在社會追求自由權利、壓制自由權利的兩者對立中堅持創作的優秀創作者，則失去了他們想像的基礎。

像這樣，革新性因素停滯不前的局面成了日本電影的傳統模式，通俗劇的觀衆人數開始減少。這一方面顯示了戰後日本民主化在某種程度上只前進了一小步，但同時在某種程度上的確取得了成功。

究竟如何才能在這種不可思議的穩定與和諧中發現新的方向呢？我們還沒有找到突破口。

這個時候，現代主義者登場了。

增村的主角向電視上的主角發起挑戰。電視上的主角具有受人矚目的性格和行爲模式，如果不這樣，他們就無法給觀衆安全感。增村一面與此進行對決，一面利用這種性格和行爲模式，塑造出具有完全自由的精神、肉體與行動的主角形象，造成了衝擊。

就這樣，現代主義者既滿足了現在電影產業的最大需求，同時也給停滯的電影藝術點起了革新之火。

最後，我寫道：「一九五八年的現在，現代主義者開始投身於更困難的嘗試中。」文章就此結束。那時，增村的團隊正準備開拍改編自開高健作品的「巨人與玩具」，中平康正準備拍攝改編自丹羽文雄作品的「四季的愛欲」。

我覺得這兩部作品並不適合現代主義者，因而提出「更困難的」一說，但實際上，「現代主義者」這個定義是我擅自下的，增村等人並沒有道理受此綑綁。

第二年，我自己也成了一名導演。此後，我幾乎沒有機會觀看增村保造的作品，但我總以爲他的電影裡有一種可以稱之爲「增村寫實主義」的獨特觀點。有時我也在想，增村如果就這樣沿著「現代主義者」的道路一路飛奔，又會變得如何？

❖ 被我封殺的感傷

意想不到的激烈情感曾經湧上我的心頭。

爲了完成「感官世界」的剪輯工作，我來到巴黎。在坐車從剪輯室回家的路上，我意外迷了路，來到一個陌生的地方。隔著塞納河，高大的艾菲爾鐵塔出現眼前，可以說是它突然闖進了我的視線。這時，一陣激情的狂風突如其來地從我胸中貫穿。

那是一股我曾經將邂逅這樣的風景作爲我人生的終極目標的強烈感傷。

在我人生中極短的一段時光裡，我曾允許憧憬著巴黎艾菲爾鐵塔的自己存在。那是在進入大學前到大學第一年結束前，極爲短暫的一段時間。

在這段短暫時間的最後，我和幾個朋友演了一齣名爲「商船特納西提」（Le Paquebot Tenacity）的戲劇[53]。

剛上大學的我歡喜鼓舞地推開了戲劇研究會的大門，但舊制高中畢業的高年級學生根本不把京都新制高中畢業的小鬼頭放在眼裡。沒辦法，我們只好創辦僅一年級學生可以參加的劇團。即便如此，劇團的主導權也被左派人士奪去，我毫無出場機會。這樣的環境下，我們特別想演的戲劇就是這部「商船特納西提」。

于連・居維衛導演的這部電影[54]我也反覆看了無數遍，那黯淡、甘美感傷十分符合我的心境。我們搭建了一個感傷的舞臺，我個人規劃了一張比舞臺更感傷的節目單，伊吹武彥和菅泰男兩人[55]還爲我寫了篇文章。菅泰男曾問我：「大島，你對感傷的情有獨鍾和你的名字『渚』有關係嗎？」

我在戲劇中扮演了什麼角色？當然是扮演賽加爾——一個被女人拋棄了的角

53 廿世紀法國詩人、童話作家、劇作家維爾德拉克（Charles Vildrac）創作的舞臺劇，於一九二〇開始於法國公演，一九三〇年代開始於日本新劇劇場公演。

54 法國導演于連・居維衛（Julien Duvivier）於一九三四年將舞臺劇「商船特納西提」改編成電影作品，與原作者維爾德拉克共同編劇。

55 伊吹武彥爲日本的法國文學研究家，菅泰男爲日本的英美文學研究家。

色。我是沒有勇氣去試阿爾伯・普萊所扮演的巴斯蒂安這個角色的。三年級的一個前輩加入，巴斯蒂安就由他來扮演。打一開始勝負就已經決定。特雷斯也被另一個前輩搶去了。不，我對特雷斯沒有什麼迷戀。我迷戀的只是法國北部飄著細雨的港口城市，我迷戀的只是坐在這個港口城市廉價旅館的餐廳裡感傷的自己而已。

演完「商船特納西提」，我封殺了那種傷感，至今活了三十年。

❖ 堅強溫柔的女人啊

說到「好女人」的條件，有個男人曾說過一段令人叫絕的話。

男人就是伊丹十三[56]。這已是十年前的事了，一九六八年出版的《女人啊》這本書的末尾，伊丹這樣說：

「我正在尋找配偶，條件如下：

一、在極其優越環境下成長的人

一、但是不畏貧寒

一、散發氣質像氣味一樣的人

一、而且要有一個可愛的臉龐

56 日本演員、導演、散文作家、雜誌編輯。

一、同時具備撩人的肢體
一、會演奏樂器（但口琴、烏克麗麗、曼陀林除外）
一、喜愛巴洛克音樂
一、性格開朗、低調
一、按摩手藝好（這很重要）
一、天涯孤女，或是擁有極具魅力的家庭（有美麗的姐姐或妹妹！）
一、喜歡穿 LOU 牌內衣、手拿愛馬仕手包、腳踏 RÊVE D'UN JOUR 鞋子
一、最喜歡的小說是沙林傑的《麥田捕手》
一、言談中夾雜著幾句外語
一、當然要能喝酒
一、還要善料理
一、但不知爲什麼卻不擅長做炸麵包、牛肉煮等庶民食物
一、愛貓
一、不一定需要化妝

一、腦袋聰明但也有癡傻的地方
一、還沒有發覺自己長得漂亮
一、認爲伊丹十三是這個世界上最了不起的人
一、比我小兩輪

就是這些。唔，掐指算一下，很遺憾，十年前出生的人是不行的，算一算，比我小兩輪，她現在才九歲。」

讀了之後，我也「唔」了一聲。那時，我並不知道 LOU 牌內衣、RÊVE D'UN JOUR 的鞋子，但心想伊丹十三的確將好女人的條件說盡了。

對我來說最可笑的在於，這些條件中除了最後兩項，都非常符合他「已分手的妻子」[57]。

伊丹在這本書的扉頁上，視若無物地寫著：

57 此處即指川喜多和子，二人於一九六〇年結婚，一九六六離婚。一九六九年，伊丹十三與大江健三郎的妹妹宮本信子結婚。

「給我分手的妻子，

還有，

尚未蒙面的妻子。」

不過，我相信「尚未蒙面的妻子」是謊言。我相信他已經「見過」他的新太太了。而我個人認爲，比起那個新太太，「已分手的妻子」明明更符合他的配偶條件，爲什麼還要舊人換新人呢？伊丹十三，對不起。宮本信子，對不起。我不瞭解情況，要瞭解宮本是否也符合這些條件，可能還要花費若干年時間。

話說回來，這本書出版的時候，「已分手的妻子」的「這個世界上最偉大的人」已經不是伊丹十三，而是別人。我還和那個[58]在工作上形成了命運共同體。

十年過去。今年，我和那兩人都在坎城。借用《讀賣新聞》的記者河原畑寧的報導，情況是這樣的：

58　即文後出現的柴田駿。二人一同創辦法國電影社，引進國外電影，也負責大島渚電影的海外發行。

「電影節的最後一天，即五月三十日的正午過後，大島渚、『愛之亡靈』的女主角吉行和子、當日負責這部日法合作影片重要協調工作的法國電影社的柴田駿、川喜多和子等人，在電影節主會場的海灘上的飯店裡用午餐。從這天的上午開始，評審委員會已經召開……評審結果在下午兩點半後將發表……下午兩點二十分左右，有人光著上身悠閒地日光浴，一邊用餐的大島等四人似乎吃完了午餐，起身離席。他們果然還是等不及評審結果的公布……」

其實，我們四人並非一道起身離席。川喜多和子比其他人提前五分鐘就起身，包括河原畑先生在內，我們都嘲笑她「很焦急」。這是透過嘲笑別人來掩飾自己內心的焦躁。這種時候，和子絕不會掩飾自己的心情，只要心有所想，她的身體就會馬上行動，一個勁地勇往直前。

五分鐘後，柴田也站起身來，說：「我也去了。」這時，我和吉行和子才慢慢起身。當我們剛從沙灘的臺階爬上海岸，柴田早已不見了身影。

「我去散散步。」吉行和子說完便走了，不過是朝著電影節主會場的反方向走去。

我只好慢慢地向主會場方向走。

不知走了多少步，川喜多和子跑了過來。整個電影節期間，和子都一路跑著。她現在的確是跑過來的，就像是小魚全力從搖擺的海藻中間穿越游過。

「和子……和子！」我拚命地喊她。

和子突然揚起臉，一邊朝我跑過來，一邊用極快的語速說道：

「拿到最佳導演獎了，恭喜！」

平時，和子說話的語速就快，人們甚至都聽不清她在講些什麼。

我沒有擁抱她，也沒有倒下身子。我把整個身體都靠在了和子身上，開始哭泣。接著和子也是。我們就這樣站在地中海陽光的火辣照射下，坎城岸邊道路的熙攘人群中。

體重只有我的一半的和子，在回到日本後一場工作人員舉辦的小型慶祝會上，她這樣說道：

「太重了。我感到我們走過來的十年是多麼重，又想到將來的重擔，不禁哭了起來。」

此後，我按照和子的指示，在主會場旁叫作「藍色酒吧」的餐廳露臺上等柴田。我點了一杯茴香酒。酒加了水後又白又渾濁，有一股苦艾味。那是一種便宜的酒，工人在回家前會作爲餐前酒喝上一杯。這種酒的味道極嗆，十年前來坎城時，我還喝不了這種酒。路上來來去去的電影人一個接一個停下腳步，向我道賀。再來一杯茴香酒。

這時，吉行和子過來了。她的步伐讓人看上去覺得她不穩當，私底下我給她起了個外號：小木偶。倒不是因爲看了她和宮本信子出演的「人偶姐妹」，吉行總給人一種靠不住的感覺。

吉行看到我，臉上浮現一抹古典希臘式的優雅微笑，朝我走來。在坎城的兩個星期，吉行臉上那樣的笑容從未消失，她總是微笑著走在坎城的街頭。

應該說我是十分幸福的。兩年前，我連續兩次帶著氣質高潔的女演員松田英子走在坎城的街頭。

品行的優劣、有無物質欲等在購物時會表露得一清二楚。英子雖然很年輕，但購物卻是那麼大膽。只要是好東西即使高價她也毫不猶豫，廉價品、無趣的東西則是看都不看上一眼。

吉行是一個愛買小玩意的人。一眼看去，好像是買了些零零碎碎的東西，但這些東西一旦佩戴在身上，就會散發出一股優雅的氣息，與她很般配。

吉行可能是剛買了些不錯的東西，笑咪咪地站在我的面前。我正坐在那裡，她並沒有問「結果如何？」這一點很讓人動心。並不是刻意不問，而是她生性如此。但有時這樣反而讓我牙癢癢的，只不過這點好解決，我可以拿出導演的權威來命令她。

「坐。」

她坐在了我旁邊。

「喝什麼呀？果汁嗎？」

說得真是輕鬆自如啊。

「吉行，多虧了妳，我得了最佳導演獎。謝謝！」

當我說出這句話時，她的臉一下子變了形。女演員的臉變成那樣可不好。不過，吉行後來對其他人說：

「跟他握手也不是，抓住手腕也不是，我抱著他的頭，就哭出來了。」

恍惚中，我們度過了一段毫無意義的時間。當太陽開始西沉，柴田出現了。

「恭喜你。」

「謝謝，是你的功勞。」

不誇張也不掩飾，我說了唯一眞實的一句。柴田與和子爲了將我的電影介紹到國外，花了十年的辛勞，終於誕生出今天的結果。然而，柴田的回答更直截了當：

「哪裡哪裡，這是理所當然的。」

和子認爲「柴田駿是這個世界上最偉大的人」是有道理的。

按照柴田的指示，我們動身回賓館，夕陽傾斜得更厲害了。我們住的賓館並非一流，卻是坎城最具古典特色的。秦早穗子[59]已經在賓館的露臺前等我們了。

無論在從事電影工作方面，還是參加坎城電影節，秦早穗子都是我的前輩。我爲高達具有紀念意義的第一部電影命名日語片名[60]的也是她。我是她的粉絲。我讀過她與岸惠子[61]的書信集以及她在婦女雜誌上發表的文章，但關於電影的文章她寫得越來越少了，著實令人遺憾。

在坎城看到的秦早穗子是一個難以接近的人，用餐等場合她經常與外國人一道出現。這是理所當然的，如果來到坎城只與日本人一塊用餐，那才是件奇怪的事。她常常一個人毫不怯場地與外國人自在工作、用餐。對我來說，這樣的秦早穗子是那麼炫目，那麼令人難以接近。

不過，這一次，秦早穗子有時會與我們——包括我、吉行、河原畑以及柴田、和子夫妻倆——交流。在露臺或是挑高寬闊大廳裡的古典沙發上，聽秦早穗子

59 日本電影評論家、散文家。

60 指高達第一部長片，也是他的成名作「斷了氣」。此片日文片名爲「勝手にしやがれ」（任性而爲）。

61 日本電影演員，曾出演大庭秀雄導演的「請問芳名」，爲日本戰後知名女星。

的豐富見聞和尖銳意見是十分開心的事。這種時候，她一定會自己付酒水錢。我想，秦早穗子與外國人交往時也一定是這樣。

「不結婚的女人」[62]上映當晚，大家的談興特別濃。人們都回到自己的房間後，只有我和秦早穗子一直談到深夜，我把賓館裡的白酒都喝光，秦早穗子則把錢都付了。秦早穗子，妳只比我年長一歲，我們又是同一年上的學，妳為什麼要這麼做呢？

電影節快降下帷幕時我變得感傷，我想即便自己沒有獲獎，也會為了能與秦早穗子這個自立、優秀的女性交談感到高興，帶著這份喜悅回到日本。

幸運的是，我獲獎了。我站在秦早穗子面前，淚水從她斗大的眼睛裡溢出來。

「你們是一路辛勞打拚過來的，真好，我瞭解這一點。」

62 美國導演保羅·馬祖斯基的作品。

我也流下了眼淚。剎那間，我好像看到了悠長的歲月。那不僅僅是從第一次來坎城到現在過去的十年時間，也不是我作爲電影人的所有年頭，而是生爲日本人生爲昭和之子的秦早、我和兩個和子一起度過的悠長歲月。啊，承受著歲月的重量，專心一致、典雅、堅強又溫柔的女士啊。

❖ 妳的存在，鼓舞了世界上的好導演——

悼辭／川喜多和子

謹在川喜多和子的靈前敬奉悼辭。

但是，但是啊和子，不論是哪種意義上，這都是不合理的。我在許多人的幫助下活至今日，也不是沒準備好要爲幾個友人誦讀悼辭，不過絕對沒有想過其中有妳。

和子，妳於一九四〇年二月一日出生於東京聖路加醫院，一九九三年六月七日清晨六時十八分在同一個醫院裡迎接誰都沒料到的死亡。和子，妳是命運之子，是命運之人。

和子，妳作爲川喜多長政和加壽子夫婦倆的孩子出生在這個世界上。長政一九二八年創立東和商事，加壽子第二年入職以來，兩人齊心協力，克服了重重困難，致力於引進歐洲電影，獲得了成功。一九三九年，兩人又開始在中國製作電影。就在這個時候，日美戰爭開戰的前一年，妳出生了。父母給妳起了個名字，叫和子。我聽說，這個「和」是「東和」的「和」、「和平」的「和」。

不久，妳和母親追隨妳的父親的足跡，前往上海，並在戰爭結束那一年的春天遷到北京。根據山口淑子[63]的說法，當時妳還不滿五歲，但已經能用五國語言進行日常會話。後來成爲妳命中注定的另一半、與妳同年出生的柴田也來到北京。少年時期的駿是不是已經是一個嚴肅的人了呢？當然，那時你們二人素不相識。一九四六年二月，妳和母親一道回到了鎌倉。

一九五五年，從御成小學、御成中學畢業後，妳前往英國雷加（legat）寄宿學校留學。後來，妳提起這段留學經歷，曾害羞地說：「當時我是想學習芭蕾的。」我聽說，從雷加畢業後，妳爲了學習各國的文化史，在法國、義大利、德

63 出生於中國遼寧省，中文名爲李香蘭。於一九四〇年代改回原名山口淑子，回日本繼續發展其演藝事業。

國的大學幾乎各待了一年左右。同時，妳也過著每天看兩部電影的生活。

一九五九年妳回國，第二年在黑澤明導演的「懶夫睡漢」中擔任副導演。那時，妳遇見了終身的摯友野上照代，透過野上的介紹認識了演員伊丹十三，並和他結了婚。這期間的情況我並不瞭解。

與妳變得經常照面的時候，和子，妳那時主持了電影俱樂部研究會，柴田從中幫忙。一九六八年，發生了一起突發事件，電影俱樂部研究會打算租借鈴木清順導演的三十七部電影，但突然遭到日活電影公司的拒絕，與鈴木清順簽的合同因此未能得以履行。聚集在電影俱樂部研究會的年輕人發起了激烈的抗議行動，與全世界年輕人的抗議浪潮連成一氣，召開了「鈴木清順問題共鬥會議」。和子，妳被推到了浪頭上。這時，妳是追求電影的自由、自由的電影的貞德。同一時期，柴田二月十四日創立了法國電影社。毫無疑問，和子打一開始就是其中的一員。

和子啊，我覺得，妳從這時起決心將人生投入電影事業中。此前的妳一直處於苦惱狀態，雖然十分喜愛電影，但苦於要如何與電影產生連繫。畢竟，妳是那偉大的川喜多長政和加壽子的女兒。然而，與柴田相遇，妳在心裡做好了決定：我要做自己喜歡做的事。和這個人一起，從事將自己喜愛的電影介紹給他人的工作。

但是啊，和子，我感到驚訝的是，你們選擇了更困難的工作——將「日本電影」介紹到「國外」，你們展示了至今日本人從未有過的志向和勇氣。而你們第一部介紹的電影就是我的「絞死刑」，這是我畢生的幸福。我決定今天絕不講我的私事，但只有這一件事非說不可。此後，我的作品全部都經你們的手得以在海外上映。合作案以及我個人在海外的工作，都是得到妳和柴田的幫助才得以實現。我有今日，全都是拜你們所賜。受到妳的支持、一生都感激妳的日本電影導演，絕對不止我一人，他們的名字我隨後會列出。這一切都被人銘記在心。

此外，你們配給引進的電影從「絞死刑」開始，與「絞死刑」交換的是尚-盧・

高達的「我所知道她的二三事」。啊啊，尚-盧・高達！這個名字對當時的我們來說具有多大的刺激性啊！你們引進了約十部高達的電影、約十部巴斯特・基頓的電影。接著，從一九七六年八月起，《世界最佳電影》及《BOW》系列雜誌引介的電影狂潮襲擊日本。和子，妳死後第十二天的六月十九日，張藝謀的「秋菊打官司」在日本上映，人潮洶湧，反響熱烈。從第一次的「恐怖的孩子們」[64]、「操行零分」[65]到「秋菊打官司」，這已經是第一一五次公映了。一年六至七部，妳和柴田完成了多麼精采、精力旺盛的工作啊！

提起你們二人的工作，我想起了一個場景。這個國家的政府頒了個獎項給妳的父親，與他的功績相比，這個獎簡直顯得有失禮節。在慶祝宴會上，川喜多長政露出王者般的笑容，走上講壇說了令人莞爾的一句話，他將當時在海外無法出席的妻子比作「我的better half（妻子），名副其實的更好的另一半。」妳也是柴田的更好的另一半。妳是只要想到就會拚上命去做、只要說出口就義無反顧的人。我並不是想比較柴田的辛勞，但除了妳，誰還能夠當嚴峻如神、孤高

64 法國導演尚・皮耶・梅爾維爾的作品。

65 法國導演尚・維果的作品。

如鬼的天才——柴田駿更好的另一半呢？妳比任何人都愛他、尊敬他。你們可謂是命中注定的二人。

和子啊，我要讚美妳。雖然妳對此頗爲在意，但現在我敢說了：妳繼承了妳偉大雙親的事業、使這個事業更純粹，並在某些地方超越了他們。

妳的存在，鼓舞了世界上的好導演。安哲羅普洛斯、文．溫德斯、吉姆賈木許、維克多．艾里斯、侯孝賢，大家一定都是這麼認爲的。我們拍的電影，和子會看到。拍得好她不僅會讚賞，還會將它引進日本上映。在這個，電影走向困境的時代，這件事是如何激勵著他們、安慰著他們，賦予他們堅持創作下去的勇氣。

不僅僅是他們，不僅僅是電影導演。製片人、工作人員、演員，他們都在心裡某處給妳留了位置，持續地製作電影。妳熱愛電影、熱愛並尊敬電影人，妳有好電影的判斷力，以及熱愛它的力量，然後，當妳決心將自己喜愛的電影引介給他人時，妳會賭上那超人般的能量和行動力。

不僅僅是製作電影的人，看電影的人、電影評論者中的佼佼者也都無限熱愛著妳，受到妳的支持。以淀川長治先生爲首，有蓮實重彥、山田宏一等人；以河原畑寧爲首的媒體人，得意揚揚的阿杉、低調的皮克[66]；用和子的話來說，他們肯定會看過電影，方才評論它。

不僅僅是與電影相關的人，和子，妳看到池澤雅樹在《朝日週刊》上發表的精采文章了嗎？他說我拍手歡送和子的場景，就像是《流浪藝人》[67]中的一個場景。無論是作家，還是學者，只要與和子見上一面，大家就會陷入電影的泥沼，不，是被引入電影的大花園。

和子啊，如此投入電影的妳，和熱愛電影一樣熱愛著人生。美酒、美食、談天——當然，話題最終經常會回到電影上。圍繞在妳身邊的事物總是有趣。妳常說想住在離河近的地方，野貓常常在窗下等妳歸來，妳喜歡也善於料理卻幾

66 指雙胞胎兄弟檔杉浦孝昭、杉浦克昭，哥哥爲電影評論家、弟弟爲服裝評論家。

67 希臘導演安哲羅普洛斯的作品。

乎沒有為我們料理的時間。

五年前，妳在白金臺區首次為自己設計了新家，我說，妳還可以建得更豪華點。那個家，與其說是為了自己居住，更像是為了接待客人而建。柯波拉、溫德斯、侯孝賢與他們的朋友，似乎都在那裡度過一段幸福的時光。在那個新家，唐納德·里奇、武滿徹的話比往常要多。那裡接待了世界的電影人，本應該流淌著幸福時光的空間，突然間時間靜止，那裡成了人們為妳守靈和舉辦葬禮的地方。

超過二百封的弔文從國外傳來，世人還不知道失去妳是一個多大的損失。今天聚在這裡的我們知道，但日本，他還不知道如何填補失去妳後的空白。

這是怎麼回事呢，和子？

不過，那樣的空白的悲傷與損失，不久就會慢慢覆蓋全日本和全世界的電影界了吧。那時，和子，我們將會從空白的悲傷與損失中，再次站起來。

因爲，和子，妳看到了嗎？在妳後方的銀幕上出現的我們的名字。黑澤明、新藤兼人、鈴木清順、今村昌平、羽仁進、藏原惟繕、篠田正浩、若松孝二、柳町光男、小栗康平、中島丈博、崔洋一、林海象、安哲羅普洛斯、維克多・艾里斯、沃克・許隆多夫、安妮・華達、保羅・塔維雅尼、維多里奧・塔維雅尼、柯波拉、貝托魯奇、吉姆賈木許、文・溫德斯、克里斯・馬克、賈柯・凡・多梅爾、霍爾・哈特利、珍・康萍、侯孝賢、張藝謀，以及大島渚。

和子啊，謹獻上愛妳、被妳所愛的我們的名。

Kazuko will always live in our hearts.

❖ 我們的青春輪廓——悼辭／森川英太朗

森川，

這是不是太過分了，你一句道別的話也沒說就先我們而去。

我知道幾年前你得了一場大病。但你笑咪咪地對我說，手術挽回了你一條命。我一心以爲，你一定還精力充沛地在我居住的藤澤附近，那新建的慶應大學校園裡教著書呢。你在大學裡到底在教些什麼呢？我想去大學問個究竟，但始終未能成行，近年你連續缺席了一直受你關照的東京的二中同學會，我無從得知你最近的消息。請原諒我。

森川啊，你是眞的熱愛二中，熱愛我們京都二中[68]的人。不，也許是二中愛著你。二中以質樸剛健、堅強正直、開朗爲座右銘，對二中來說，你是再理想不

68 京都府立第二中學。

過的學生。一九四六年夏天，全國中等學校棒球比賽重新登場，場上你是棒球隊裡年齡最小的三年級學生，最矮的右外野手，第八打席。當時甲子園被進駐軍隊接收，大會在西宮球場舉行，在與下關商業學校的半決賽上，你握了短棒揮出勝利的安打，眼裡閃著淚光的那一幕，我至今難忘。

我覺得，當時的淚水，是既是棒球隊員也是喜歡討論歷史和人生的你的象徵。而淚水也是與二中學生性格一點都不吻合的軟弱的我，與你成爲好友的原因。

一九四八年，太宰治去世，他的屍體在玉川上水溝渠被發現的那一天，我們全班同學罷課跑到新京極喝燒酒。學校的文化祭上，我們弄了間模仿烏龍麵館的鋪子。那時，對經過戰爭年代的我們來說，森川做的烏龍麵是我們第一次嚐到的最佳美味。我們讚嘆地說：「眞不愧是浜作[69]的小老闆」，他們家在祇園開了家著名餐館，其實當時正是他對於是否要繼承家業感到苦惱的時刻。

京都的學校制度改革據說在全國是最激烈的，它將我和森川分開，森川去了

69 京都知名餐廳名。

堀川高中、進入慶應大學學習，但照舊打著他的棒球。在學校打棒球之餘，他也不時寄長信給我，大談人生。在這裡請容我虛榮地說，除了女性外，在我的青春時代還沒有哪個朋友像森川這樣，給我寫過那麼多的信。

接著，不知是出於完全的偶然呢，還是抱著明確的意圖呢，在我進入松竹大船製片廠當副導演的第二年，他進入松竹的京都製片廠，也同樣成爲副導演。我並非是抱著某種希望來當副導演，因此，如果他跟我商量，我肯定會勸他繼承家業。但當時的他已經變得凡事不會和我商量，只會告知一下決斷和結果。

大船與京都相隔很遠，我和朋友辦了本劇本同人誌[70]，森川在京都也辦了份同樣的雜誌。一九六〇年，我拍攝了「青春殘酷物語」，在我和夥伴一道被稱爲「日本新浪潮」、「松竹新浪潮」一員的那一年，他在京都拍了「殘酷武士道」。

當我去他的片場探班，就在此時，「日本的夜與霧」突然被停止上映。這個事件的結果將我推上了離開松竹之路。此後不久，森川也要離開松竹的消息傳來。

70　即《七人》雜誌，由大島渚等人於一九五六年創辦。

我著實覺得驚訝，但沒有問他辭去松竹的理由。後來，森川參加了我和朋友創辦的創造社[71]。我曾幻想大家以創造社為根據地，各自從事自己的創作活動，但最終，那只是幻想。

在我們之中，森川承擔了製片人的任務。但不久後他便離開了創造社，進入電通廣告公司。

對我們這些外界的人來說，根本無從得知他在偌大的電通組織裡從事什麼樣的工作，過著什麼樣的生活。但每次見面他都顯得神采奕奕，一如兒時運動場上的他一樣活潑。我心想這樣眞是太好了。他還常常為了無法拍電影的我感到擔憂，我可以感受到他自中學生時代以來不曾改變的友情和誠意。

我更高興的是，聽說他從電通退休，去了慶應大學當教授。這是他年輕時的願望。

71 大島渚辭去松竹的工作後，與小山明子等人共同成立的獨立製片公司。

不去繼承興隆的家業，而是躍身浩瀚的知識海洋——以現在的觀點看，這是多麼愚蠢的事情。但沒有辦法，各個時代有各自的青春輪廓。我們的青春時代受到戰敗的打擊，認爲只有知識才是我們的未來。今時今日廿世紀證明了知識並不能讓我們變得幸福，但在我們的青春時代，那是時代的精神。

森川啊，

你從那個時代活過。你度過既是棒球選手又是思想家的一生。這期間你可能也有諸多苦惱吧，請原諒沒能給你任何幫助的我。爲了拯救自己，我已滿身風塵。

森川啊，

你還記得你發表在京都製片廠劇本同人誌上的「壬生浪」的劇本嗎？「壬生浪」，壬生的浪人，當時京都民衆對新選組武裝組織裡的浪人的稱呼。

森川，去年秋天，我讀了這齣幾十年前的劇本。實際上我現在正在拍關於新選組[72]的電影[73]。當然，這裡的新選組是我編撰的不同尋常的新選組。作爲參考，我讀了你的作品，我還想如果開拍就去找你閒聊。拍攝的消息在一月廿四日發表，你看到了嗎？

一切都是緣分。你去世時，我正著手拍攝你曾經想拍的新選組題材。

森川啊，你永遠活在我的心中。

森川啊，

你永遠活在我的心中，活著、活著、一直活著。請守護我的方向，請守護我的方向。

72　日本幕府時代末期的武士組織名稱。

73　此處指「御法度」。

第二章 ● 俘虜與天使

❖「衰退」標題的驚人力量——小林信彥

雜誌編輯部要做小林信彥[1]的特輯於是向我約稿，我嘴上說著「這可眞難爲呢」，但不得不接下此任務，因爲我與小林信彥來往已經超過二十年。

沒過多久，小林給我寄來一本《薩摩亞．夏天的惡夢》[2]。感激的是，每當有新書出版，小林幾乎都會寄贈一本給我。有時我會偷懶，但一般會寫一封感謝信。我馬上提筆寫信，信中順便還寫了一句：「《小說新潮》別冊讓我寫一篇關於你的文章，我現在正在猶豫……」

收到小林的回信，我大吃一驚。他說：「你是不是寫錯了？應該是《新評》別冊吧？」我啞然無語。

1 日本知名小說家、評論家、雜誌編輯，對日本電視界、喜劇界影響深遠的作家，著作曾獲菊池寬獎，並多次入圍直木獎、芥川獎。

2 《サモアン サマーの悪夢》小林信彥於一九八一年發表的推理小說，新朝社出版。

弄錯的原因其實很簡單，我把「新評社」聽成了「新潮社」；聽錯的理由也很簡單，在我的腦子裡，小林信彥的名字是與新潮社、文藝春秋、角川書店、集英社等大牌出版社聯繫在一起的。也可以說，我對這個老朋友的文學名聲是很欽羨的。

小林的第一本著作是一九六三年由校倉書房出版的《喜劇的國王》，這部著作由一九六一年二月至六月在《電影評論》上連載的長篇評論〈喜劇電影的衰退〉爲中心而構成。

在雜誌讀到這篇評論時我大吃一驚，至今仍記憶猶新。提起當時的電影雜誌，一方面它們是如花田清輝、安部公房、鶴見俊輔、福田定良等著名文學家、哲學家討論難題的論壇，另一方面在一九六〇年安保鬥爭熱浪的影響下，它們對讀者在政治性電影的理解上有很強的影響力。我們這幫人對這兩個方面都有一種反抗精神，我們以反抗的態度拍電影，爲了應對他們的批評，不得不發表生硬的文章。不管怎麼說，當時的流行詞是「變革」、「革命」或「發展」等，我們從沒想到會有人用「衰退」這樣的標題發表文章。

讀了連載的第二期、第三期後，我馬上明白了這篇論文具有驚人的力量。在思想表達無關痛癢、矯情評論橫行一時的時期，這是一篇分量極重的評論，它不僅在驚人的淵博知識下作了縝密的實證，還以此爲基礎，建構出強大的邏輯理論及激烈言論。

就這樣我們相遇了。小林與我同歲，當年都是二十八歲。《電影評論》的主編佐藤忠男也才三十左右。

小林當時是《希區考克雜誌》的主編，不知道是不是這個緣故，在我的眼裡，小林已十分具有成人智慧。我想無論在誰的眼裡，小林都像大哥一樣。還記得當時在新宿的小酒館，面對剛辭去《讀賣週刊》記者一職的長部日出雄[3]，小林表現出的大哥形象，著實令人印象深刻。

3　日本知名小說家、評論家，故鄉爲青森縣津輕地方，無論是小說或是評論，多以津輕爲主題。

小林這種氣質是從哪裡來的呢？我不想尋根問柢，但一九六三年他辭去主編職務，出版了《虛榮的市場》、《污染的土地》，之後首次以小林信彥的名字發表了《冬天的神話》，當我讀到這本可以稱作私小說的作品時，突然想起了這個問題。

此後，小林又發表了《一個晴朗的午後》。「哦喲喲」[4]、「唐獅子」[5]式的快節奏進攻開始了。

進攻的一開始，他改寫了《喜劇的國王》，改名爲《笑殺的美學》出版，抓住了絕佳的時機。在新出版的著作裡，他加入了〈喜劇電影的衰退〉和新寫的〈喜劇電影的復活〉兩篇文章。

喜劇電影復活，加上他的兩本私小說創作，讓小林在進入七〇年代後大大活躍。

4 以《哦喲喲島的冒險》爲首，小林信彥以兒童爲對象所創作的系列推理冒險小說。

5 包括《唐獅子株式會社》等，小林信彥融入了當代風俗、思想的系列黑道搞笑小說。

話說回來，出版《笑殺的美學》的是一家叫作大光社的小出版社，爲他這本書命名的我當時也在那裡出版了名爲《青春》的作品。不久後，大光社倒閉，原本在這間出版社工作的佐藤嘉尙創辦了《半趣味》雜誌，成爲「四疊半」的被告[6]，現在則辦了「大肥聯」[7]。

在那以後，我與小林基本上就鮮少在新宿的小酒館見到面了。但在那不久之前，在小林的婚宴上我與長部日出雄在白天喝得那場酒，我永生難忘。

電影導演希望世界上所有人都是電影評論家，尤其是成爲讚賞自己電影的電影評論家。

當時大起大落的長部日出雄在數年後獲得了直木獎。當時，我的腦海突然湧出了這樣的拙劣俳句：

此生我好友，終究成爲了作家，歲月暮秋時。

6 明治時期三大禁書之一，相傳爲永井荷風所著的短篇小說《四疊半襖之下張》，一九七二《面白半分》（半開玩笑）雜誌刊載其內容，被控猥褻文書，編輯、作家、雜誌社社長皆遭起訴，是爲「四疊半襖之下張」事件。

7 一九七〇年代成立的團體，大日本肥胖者聯盟的簡稱。

❖ 一切都從那一天開始——

大牌演員的沉重聲音／淡島千景

當時，我正在松竹大船製片廠的梳化室。我也不知道自己爲什麼在這裡，可能是正在等某個女演員做好頭髮。不過，只要等她做好了頭髮到拍攝現場來不就行了嗎？爲什麼一定要我在旁邊等著，再專程把人帶到現場去呢？剛進入製片廠當副導演的我，對製片公司這種不合理的做法感到焦躁，而這可能只是片場上幾百個不合理做法中的一個。

這時傳來一陣男人的腳步聲，緊接著聽到一陣大喊：

「哎、哎，還沒好嗎？妳要花多長時間呀？導演已經火冒三丈了。」

我回頭一看，是跟我一塊進公司，也是剛剛當上副導演的人。

「還有十分鐘。」正在梳頭的女子不悅地壓低聲音說。

「十分鐘？什麼時候都說是十分鐘、十分鐘，但妳從來沒在十分鐘內完成過。妳到底在想什麼呢？妳想想我們一直在現場等待的心情呀。真的十分鐘就能完嗎？我拿著碼錶給妳計時喔。」

他在門口甩下這句話便離開了梳化室。

「淳五先生。」

這時，一句響亮的喊聲出現，是坐在房間裡最好的座位上正在梳頭髮的淡島千景[8]女士。

8 寶塚劇團出身，一九五〇年以電影演員出道，日本戰後電影鼎盛時期的一線女明星。

「來了！」

淳五慌慌忙忙地跑過來，臉上堆滿了親切笑容。他的牙齒外暴，模樣實在稱不上舒服。但他還是努力地獻殷勤，不管怎麼說，他服務的對象是大牌女演員。

「你今天什麼時候下班？」

「按時下班。」

所謂按時是指下午五點，如果不加班的話。

「是嗎？我也是準時下班。你下班後到我的房間來一趟。」

「好的！」

此後，爲了緩和房間裡的緊張氣氛，淡島千景壓低了聲音，對我說：

「唔——大島，如果可以的話，你也一塊來吧。」

「好。」

工作幾乎準時完成，我回到副導演室的時候，淳五已經等在那裡。在一九五四年四月份入職的十一個副導演中，淳五這個人特別突出。說是十一個人，其中一個因結核病加重，還沒上班就被辭退，另外一個人在一週實習結束後的聚會當晚，本應回東京的他走了反方向，被東海道線的火車輾死，所以連我共剩下九人。淳五也許討厭他那平凡的姓氏，一開始就對大家說：「請叫我淳五。」這個人很風趣，有種慶應大學男孩的都會氣質，很受歡迎，甚至連淡島都記住了他。但是他那濃密的鬍鬚在疲憊時甚是嚇人，給人一種不祥的感覺。

「是要教訓我們嗎？」

在去淡島房間的途中，淳五的語氣有點憂鬱。

我們來到淡島的房間，在她面前坐姿端正。

「淳五，你那麼做不好。你今天急匆匆地催人梳頭，那是不行的。這跟大島沒有關係，但借這個機會，你也一起聽。不管是不是大牌女演員，頭髮都是她們的生命。髮妝整理不好女演員的心就會亂，演技也無法發揮。你無論等多長時間，一個小時、兩個小時，你都應該等，直到女演員自己滿意為止。絕對不能夠著急，明白了嗎？」

此後，淳五和我都說了些什麼我不記得了，我想我們幾乎什麼話都沒說吧。也許淳五為了打破這種沉重的氣氛，說了一兩句風趣的話，但我確定自己是沉默的——我被感動得啞口無言。

「頭髮是女演員的生命。」原來還有人這麼重視頭髮，這麼重視女演員的身分呢。進入製片公司工作，這是我首次感受到的感動。人如果沒有感動，是無法生存下去的。在那之前，我在片廠裡是一個死人，只按照別人的命令機械地做事。但從那時起，我會主動地工作。爲了保護女演員的頭髮，爲了保護女演員，甚至是爲了保護女人。

而那塑造了作爲電影導演的我，塑造了作爲人的我。如今，不論到地球上任何一個地方，女人馬上都能看出我是這樣的一個人。這一切都是從那一天開始。

淡島也許不記得這件事了。她離開寶塚後累積了許多電影經驗，但那時可能還不到三十歲。儘管如此，當時的這個大牌女演員已經具備了如此威嚴。不僅是語言，她的人性的威嚴也撼動了我。

淳五究竟是如何接受她的那番話呢？翌年，淳五和我以及其他五個人創辦了一份同人雜誌，我們七人想在製片公司開拓一片新天地。正月剛過去，雜誌第一期出版。淳五留下第二期雜誌的稿件，踏入大雪紛飛的輕井澤便再也沒有回來。

他的家人拚命地尋找也沒有發現著落，我們在心境上接近放棄，當大家開始說「淳五一定在某個地方幸福地生活著」這樣的話，輕井澤的雪融化，人們發現了他的屍體。這一切是多麼的巧合啊，我和雜誌的其他兩個夥伴當時爲了勘景正住在輕井澤。外人從屍體身上的記事本得知他的身份，爲了確認，我們被叫到警局。屍體在雪地裡被冷凍，成了一具發黑的木乃伊，只有被烏鴉啄過的身體柔軟處是紅色的。我回想起了我們端坐在淡島面前的那一天，使勁地咬住了嘴唇，我決定我一定要生存下去。

❖ 拍片現場——晴朗的笑顏／美空雲雀

二月利根川的水特別冰冷，

我掉進了川裡。

這是電影的拍片現場。當時攝影機正在拍划著小船的美空雲雀[9]。後來的美空雲雀成了「歌謠界的女王」，但那時她只有十六歲，還是「小雲雀」。雖說是小船，但不能讓小雲雀划。船沿著河岸漂流，船前有人用繩子拽，船後有人用力推。一九五四年春天，我進入製片公司當副導演。剛剛過了正月，在拍這部電影時，我負責從後面推船。

由於用力過猛，我一下子掉進了河裡。地點雖說是岸邊，其實是用水泥修築

9 演歌歌手、演員。十二歲出道被譽為「天才少女歌手」，為「歌謠界女王」般的存在，是日本史上首位獲頒「國民榮譽賞」的女性。

的泊船處，河水頗深。我咕嚕咕嚕地往下沉，探不到底，連頭都沒進了水裡。當時，我感覺到的不是冷，而是這下糟了。我急急忙忙地蹬水浮上水面，頭露了出來。

最先映入眼簾的，是大笑的小雲雀。她的笑聲毫無顧忌，她的笑臉是那麼爽朗。我覺得她的笑臉既可愛又十分美麗。

至今我也無法忘記那張笑臉。

而這是有原因的。那時，我能夠覺得小雲雀的笑臉那麼可愛、那麼美，這件事對我來說意義非凡。如果是在一年前，我的感受可能會有所不同……

一年前，我進入製片公司擔任副導演，第一次從事的工作竟然就是小雲雀的電影。不，對我來說，這是「雲雀」的電影。

當時，我對電影不抱希望，也並非電影青年。其他入職考試都沒有通過，只好進入電影公司當副導演。光這一點，就令我感到屈辱。

所謂「雲雀」的電影又是怎麼回事呢？我雖然不是電影青年，但在戰爭剛落幕的時代，作爲一個在日本度過青春歲月的年輕人，我也看電影，其中也有肯定的作品，例如在入職考試及格後對於電影工作還猶豫不決的期間，看的一部木下惠介的「女之園」。那是描寫京都女子大學學生的反抗和挫折的電影，片中提及了和我也有點關係的「秋天的京大騷動」。就因爲這麼微薄的緣分，我決定進入製片公司工作。

出現在「雲雀」的電影裡的大學生，飾演中學生的雲雀的家庭教師。授課後，這個大學生所做的事就只是和雲雀沉浸在跳舞的快樂中。從這個年輕人的口中，沒有一句日本的未來、年輕人的生存意義。對我來說，這種學生的存在是一種恥辱。我根本就是代表了日本的學生在發言，我自己反覆掛在嘴邊的，正是在學生時代很習慣聽到的演說「我們京都學聯四萬學生……」。我想說的是，大學生一定要像那樣才行。

前往橫濱拍外景的那一天，因爲是雲雀家鄉所在地，我們預料包括雲雀的粉絲與反對者在內一定會有大量的圍觀者，一開始就在她的周圍加強了戒備。前所未見的大批男性出現，將她圍在中間。

一切正如預料，有人開始大聲喧鬧。

「賣魚的！」

這句話雖然只是指她的出生家庭的職業，還是充滿了惡意。滿臉凶相的數個男人立刻衝到發出叫喊聲的人身旁，從人群中拉拽出可以說還只是少年的年輕男子，對他揮了幾拳。倒地的少年就這樣被幾個男人拖走，消失在視線外。

我當時心想，自己究竟進入了一個什麼樣的世界？我和那些一臉凶狠的男人一起工作，這眞是個恥辱。那天晚上，在外景地的宿舍裡，我聽著副導演前輩的鼾聲，覺得這個世界眞是難以容忍。我苦思著自己可能還是屬於象牙塔裡的人。然而，再回到將我趕走的大學，再回到京都，那也是恥辱。

苦惱持續了四、五個月。其間，我學會了一心一意投入工作來忘記苦惱，再加上與一些導演和工作人員的相遇，讓我在這片荒漠中也找到僅有的幾處綠洲之泉。我沒有離開製片公司，迎來了進公司後的第一個年末。這時，第二次與小雲雀合作拍片的機會到來，而我也能和其他人一樣大方地與小雲雀交流，我接受了這項工作。

有的前輩不願意加入這項工作，有的前輩參加了中途又退出，因此這次我是做爲拍攝現場的中心參與工作。後來，就發生了掉進利根川的事件。

如果是一年前的我，從冰冷的水裡露出頭，看到在哈哈大笑的小雲雀，肯定會動怒——這孩子怎麼這樣！竟然對別人的落難、對別人拚命工作時發生的失誤哈哈大笑！但是我沒有發火，我沒有刻意強壓怒火，一切自然而然就變得如此。為什麼會這樣呢？事後，我覺得那個失誤雖然很狼狽，卻不是什麼大事，而且確實引人發噱，笑一笑不也挺好的嗎？笑出來還有益於健康。我發現自己已經能夠坦然地接受這個環境。

他們讓我先回外景地的宿舍，當換了件乾淨的衣服，再次回到現場時，我覺得自己充滿了自信和勇氣——沒有任何苦惱和猶豫，我已經能夠在片場裡生存下去了。

二十五年後，在大阪的朝日電視臺策劃的「明星與我」的節目上，當他們讓我選擇某個明星然後談談自己和該明星的關係時，我毫不猶豫地指定了她。

她再也不是「小雲雀」了，而是一個女王，也許可以稱作皇太后。她爽快地接受了邀請，對談中滿是眞情，在我的熱切請求下，她還在大廳裡只為我這一個觀衆演唱了三首曲子。

❖ 師徒——「大庭組」專屬副導演的歲月／大庭秀雄

「如何？他能夠拍出好電影嗎？」我這麼問大庭先生[10]。

我記得那是我進入松竹大船製片公司當副導演後，第一個正月前後的事[11]。

我並非抱著「一定要進入電影界」、「一定要當導演」這種熱烈的期望進入製片公司，簡單的說就是沒有找到其他工作。對副導演這個職業的現在和將來，我沒有任何期待。

進入製片公司，首先讓我感到驚訝的是，所謂的副導演，原來連是否能以一個獨立的職業或能力得以認可，都還是件可疑的事。沒錯，在製作部角落裡有個標著「副導演」的小房間，小房間裡每個副導演都有一個櫃子，除了這些櫃子，

10　日本電影導演，代表作有「歸鄉」、「請問芳名」（系列）、「雪國」等。晚年投入電影教學，任教於日本電影大學。

11　一九五五年年初。

空間大小大概只能再坐上十人左右。共約六十人的副導演，每天一早來工作，我們將各自的私人用品從櫃子取出或放入、與坐在角落的辦公桌的女辦事員打聲招呼，隨後便快速地解散前往各個組的現場。

這樣的結構，顯示了我們雖然在身份上屬於松竹職員、職位上屬於大船製片廠的副導演室，但實際上只是一個在「〇〇組」這種以導演爲首的製作組織裡工作的匠人而已。當某副導演與某個組的工作機會增加，他與這個組的關係或從屬性就會增強。最終，他就會被稱爲「〇〇組專屬的」副導演。

當然，剛入職的人不可能馬上就成爲「專屬」的副導演，可以做打雜工作的他們，在一部電影拍完後，馬上就會被轉送到其他拍攝組。在這期間，若遇到氣味相投的組，雙方做了「下次再合作」的約定，那你就可以成爲「準專屬」。但在打雜的同時，你還得爲其他組工作。副導演基本工資很低加班費很高，因此，不挑組不論什麼工作都去做的話，經濟上較爲划算。

但是，從另一個角度來說，和趣味相投的導演完成一次完美的工作，那種喜悅是金錢難以取代的。而且，一旦在製片廠裡被認可為某個有能力的導演的「專屬」，作為副導演的地位提高，或許能成為獲得導演機會的捷徑。就這樣，（自詡）有能力的副導演一個個成為某個有力的導演的專屬，他並無法為了成為導演作準備而拒絕其他工作。結果就是，副導演成了一個殘酷的職業，在某種選拔競爭下的落敗者和新進者，不斷為無趣的導演做著無趣的工作。

在年輕的我看來，這種做法極不合理。我認為應廢除專屬制度，實施完全的順序制。也就是說，當一個組有了新的工作，應該從現在沒有工作的副導演中，優先選擇休息期間較長的人進入組織。這樣的提案前輩肯定不會接受，我希望至少能從同期入職的人開始，提倡這個制度。沒想到為時已晚。當我發現這種情況並提出方案時，同期的夥伴已經開始說出：「我是某某組的」、「除了這個組，我不做他選」這樣的話。

我對此感到遺憾，在下一年的新副導演入職時，煽動了他們其中幾人指出專屬制度的弊端，一起提出「我們主張實行完全的順序制」。當然，這是後話了。這個做法獲得了成功。前輩抱以「眞是幫奇怪的傢伙」的眼光，卻也認可了「那是他們的自由」。但這種理想主義，在其中一個副導演加入鋒頭正勁的木下組（木下惠介）、宣稱他下一份工作也要繼續留任時，徹底地崩潰。

由此可見，在製片公司，對副導演來說跟隨哪個導演是非常重大的問題。我極力反對這種封建性的師徒制度，根本沒想過要成爲誰的專屬副導演。但是，很快地我也明白，在製片公司爲了能在某種程度上舒適地工作、生活，至少要與某個組保持專屬關係。

從結果來說，入業界後的第三部電影，我很幸運能跟隨大庭秀雄導演。在成爲導演前的五年期間，我參與了大庭組所有電影的拍攝工作，可以說我是大庭組的專屬副導。除此之外，其他四位導演的電影，我只參與過其中一兩部。

我沒有深入思考過自己加入大庭組的原因。現在想起來，有兩、三個可能。

首先，是大庭組的副導編制屬於異常，一般情況是四個副導演，而大庭組是五個。二十歲的我排在最後一個，前面的四個人全都超過四十歲，導演和工作人員把期望集中在我身上。受到期待總是令人高興，我也樂於回報。

其次，是大庭導演在製片公司裡的位置很好，他不像勢力一飛沖天的木下組、最年長的小津（安二郎）組、擁有一批狂熱粉絲的澀谷（實）組那樣是威權般的存在。大庭以「歸鄉」等文藝作品獲獎博得名聲，之後拍了暢銷的「請問芳名」三部曲。大庭先生是典雅又愛挖苦人的紳士，在片場內外都受到敬重。成爲大庭組的副導演讓所有人對我刮目相看。

在片場附近的飯店、製片廠餐廳二樓的沏茶室，有時在他位於茅之崎的住家，我成爲大庭先生聊天的對象。他喜歡喝咖啡，不喝酒。當我去鄉下勘景時，首席副導演還曾吩咐我要帶上今日所謂的咖啡機。

現在，被戰爭犧牲了青春歲月的首席副導演，在過了四十歲首次執導。我爲了他，向大庭先生問了本文開頭的那個問題。

「大島啊」

大庭先生的眼鏡下閃過一道銳光，

「XX是個好人……但不懂人情世故。像到我這來也是，連在玄關打招呼都沒能做好啊。」

語畢大庭先生呵呵地笑了起來。

在玄關的招呼，說的就是電影的導入部分吧。大庭先生在玩笑中教會我，人類眞實的、普遍的生活方式即是電影語言的基本，電影歸根究柢是導演品格的表現。

❖ 向敵人學習——電影界大老／永田雅一

當聽到我要寫關於永田雅一[12]的文章，老一輩的電影人可能會說：「什麼呀，大島跟永田一點關係也沒有吧？」瞭解情況的人也許會說：「對大島來說，永田是個敵人。」這兩種看法也許都對。

不過，人生中總有一瞬間的交集，向敵人學習也是條道路。因此，請允許我寫下這篇文章。

若要用一句話來形容永田，我會說他是君臨日本戰後電影界的人物。與松竹、東寶相比，他當總經理時的大映公司是在戰爭期間創立的小公司，歷史短淺。在日本電影界，以松竹的城戶四郎[13]爲首有許多前輩，但當提起電影的經營者，人們會想起永田雅一。

12 日本企業家、電影製片人，曾任大映電影製片廠廠長。

13 日本電影製片人，曾任松竹電影製片廠廠長。

他有個綽號叫「喇叭」，一個大公司的總經理有綽號這件事本身就很奇怪。他一有機會就會發表自己毫無掩飾的見解，也從不掩蓋那得意揚揚的模樣。昭和二〇年代（編按：一九四五年至一九五四年間）的某一年，他經營的大映分出了驚人的公司股息。那時，他自豪地說道：

「哎呀，觀衆會來，觀衆就是會來。不管放映什麼，觀衆都會來。照這樣下去，銀幕就算是全白的觀衆也會來吧。但那樣就太對不起觀衆了，所以還是放一下電影。」

這席話怎麼聽都極其傲慢，但由他說出口你就是無法討厭他。「那大喇叭又……」人們在討厭他之前，已經無語，於是失笑。他體型矮小，戴一副眼鏡，人中留著一撮鬍子，頭髮剃得薄短，要說他像滑稽版的希特勒也不爲過。他最先在京都的製片廠裡當統籌（也有江湖傳言說他是黑社會的年輕成員）。在戰爭期間，他趁軍隊和政府的電影管制尚處混亂之際，請來菊池寬坐鎮，創辦了大映。這樣的辛苦歷練或許自然地賦與了他人格上的魅力。

不知不覺中，他在政界也有了隱然的勢力。其中最有名的事蹟，是戰後在吉田茂與鳩山一郎間分裂的保守政黨合併後爲了商議下屆總理人選舉行會談，該次會談不僅決定了總理人選，還商議了下一屆，以及再下一屆的總理人選。最後，這個商議形成書面文字，四個當事人都在上面簽了字，這四個人當中有一個就是永田。

話說回來，一九五四年，我進入松竹大船製片廠當副導演，一九五九年首次執導了「愛與希望之街」，一九六〇年拍攝「青春殘酷物語」，以「日本新浪潮」一員的身份廣爲人知。到此時爲止，我與永田沒有任何關係。一九六〇年秋天，「日本的夜與霧」公映，僅四天就被禁止放映。我對此表達抗議，辭去了電影公司的工作，這個行爲與以永田爲首的日本電影體制產生了尖銳對立。

當時，在六大電影公司間有個協議，規定不允許從其他公司挖走新人。這主要是針對演員，但是，身爲導演新人的我受此制約。協議中還有一點，即與某公司產生紛爭的人，其他公司也不能僱用。我成了一個走投無路的人。二十八歲、剛與小山明子結婚不久的我，如果從松竹辭職，極可能會直接露宿街頭。

但我的意志堅定。世上的事物有正面就會有反面，這時，三家公司向我伸手，問我要不要去他們公司拍電影，其中兩家是東映和大映。當然，這些邀請並非由公司提出，而是通過個人名義，並且全部都有一條附加條件——如果能突破六社協議的限制。而「六社協議的限制」何時才能突破？如何突破？要由誰來破除？這一切都是未知數。

這時，我同意了另一個企劃提案——兩個爲了獨立歷經辛苦的年輕獨立製片所創辦的公司決定將大江健三郎的芥川獎作品「飼育」搬上銀幕，由我來拍成電影。

「飼育」拍完後，在公映階段再一次在六社協議上碰壁。與六大公司相關的電影院都不願放映這部電影，除此之外的電影院也沒剩幾間。獨立製片公司拍了這一部電影，硬生生地倒閉了。

那一年歲末，六大公司解除了對我的新人協議封殺。「我在會議上說：『你們這麼欺負大島也太難看了。』」東寶的藤本眞澄[14]這麼告訴我。

一九六一年，我去了東映的京都製片廠，拍了由大川橋藏擔綱的「天草四郎時貞」，然後又馬上到大映的京都製片廠，準備拍攝由法國小說家司湯達的《卡司特盧的女修道院院長》所改編的「修女與武士」，預計由山本富士子[15]主演。那時，我第一次見到了永田。永田性情快活，下決斷也很快。我爲了能拍這部電影感到高興，「飼育」和「天草四郎時貞」都是命運多舛的電影，這一次一定要成功。

然而，命運之神像風一樣拂來，在搧人一耳光後離開。

我從永田那裡聽到了終生難忘的一番話，他在宣布停止製作「修女與武士」的會議上對我說出這番話。當然，沒有告知中止的原因，我也無從發問。永田在宣布停止製作這部電影後，對我說道：

14 日本電影製片人，曾任東寶電影公司總經理。

15 日本電影演員，一九五三年進入大映公司，曾獲藍絲帶最佳女主角獎、電影旬報最佳女主角獎，作品包括「白鷺」、「彼岸花」、「金色夜叉」等。

「大島，不要悲傷。人生總有不如意。但對我們電影人來說值得慶幸的是，只要有健康的身體、有才華，將來有一天我們一定可以一起工作的。你要相信這點，加油。」

此後，我從未與永田先生一道工作。不僅如此，以永田爲首的日本電影界體制一直是我的敵人。尤其是著作權法中對於製作者有利、對以導演爲首的工作人員或演員不利的條文制定，我覺得和永田的政治力有很大的關係。

不過，「只要有健康的身體、有才華，將來有一天我們一定可以一起工作。」這句話一直安慰著我。我的人生充滿了挫折和困難，還有許多悲傷的離別，每次我都會用這句話來慰藉朋友和自己。

最後一次見到永田先生是在後樂園球場[16]，他有一段時間曾經是球團老闆。我本應該趨身上前向他打聲招呼，但那微微佝僂的背影令人躊躇。對此我一直後悔不已。

16 日本職業棒球比賽場地之一。

❖通向坎城之路——電影製片人／阿納斗・竇芒

阿納斗・竇芒（Anatole Dauman）的死訊以極爲冷漠的例行發表形式，透過法新社在四月傳到日本。

頭銜一欄寫著：法國電影製片人。

「他出身於波蘭華沙，從事電影製作三十餘年，曾經手尙-盧・高達（法）、文・溫德斯（德）等歐洲各國導演的作品。參與製作的電影包括亞倫・雷奈（法）的『廣島之戀』（一九五九）、大島渚的『感官世界』（一九七六）、佛克・許隆多夫（德）的『錫鼓』（一九七九）、文・溫德斯的『巴黎德州』（一九八四）等。」

原來如此，這個介紹確實簡明扼要。然而，可以看到這裡列舉的導演只有五人，涉及的國家就有三國。恐怕沒有人能從這個敘述中想像出這代表了他在廣闊的舞臺上曾經多麼活躍。這些事情應該被記錄下來。他是眞正以世界爲舞臺在製作電影的人，爲什麼能做到這一點呢？答案除了本人之外誰也不明瞭。

說到除了本人之外誰也不明瞭，還會想到他究竟死於什麼疾病。法新社報導說死因是心臟問題。混帳！哪個人不是死於心臟停止跳動？說原因是心臟問題，等於什麼都沒有說。

三月，雖然沒有直接會晤，但我得到確切的消息說阿納斗・竇芒還健在。

當時恰好遇上在巴黎舉辦的眞實電影節（每年在法國龐畢度中心舉辦的國際性的紀錄片電影節），今年做了日本特輯。我拍的兩部紀錄片也在上映之列，於是受到邀請，但由於時間安排衝突我未能成行。

就在電影節開幕前夕，我接到消息說大會認爲僅放映紀錄片有點單薄，希望能放映「絞死刑」。我知道影片的膠捲在阿納斗・賨芒的阿哥斯影片公司，不過由於放映權已經到期，聽說如果沒有大島的許可，阿哥斯影片公司無法答應外借。他們為此聯絡了我。

也就是說，法國眞實電影節與阿哥斯影片公司有過交涉，同時也就表示當時阿納斗・賨芒身上沒有任何異常。

我跟法國電影社總經理柴田駿講了這件事，但我們都沒有提及他的身體狀況。那麼，究竟是什麼侵蝕了阿納斗・賨芒的身體？我回憶起一件事。

那是每當我與阿納斗・賨芒一同用餐，確切地說是用餐後的光景。每次餐後，我們都會喝上一杯咖啡，當然是那種法國式的小杯咖啡，而賨芒居然會在那個小杯子裡放入三、四塊方糖。

這裡「在咖啡杯裡放入方糖」的說法不夠正確，應該說是「在方糖上加入咖啡」

才對。喝完咖啡，杯子裡殘留著融化的砂糖，而他會用手指去抹砂糖來吃。當杯子被處理得乾乾淨淨，他會再灌一杯加方糖的咖啡到肚子裡。

由於飯後攝取了不少咖啡（確切地說是方糖），在我的記憶裡，賓芒似乎從來不喝酒。不過，我是沒有酒是吃不下飯的男人，每次都要喝上一杯，這是事實。喝什麼酒呢？對了，賓芒並不討厭日本酒。

那時，只要我帶了當時還很珍希的日本酒去巴黎，賓芒就會非常高興。此後我和柴田便常常從日本帶日本酒當禮物送給他。我不知道賓芒懂不懂日本酒適合搭配日式料理，但他吃飯的時候確實常會點大份的生魚片。那時，日式料理在巴黎還很稀罕，我們卻常常去有賣大份生魚片的日本料理店，或點大份生魚片的外賣。這是出自把我們日本人作爲賓客對待而有的特殊服務呢，還是賓芒本人喜愛的生活方式？我總想著要確認，但最終還是失去了機會。

正如前面所述，賓芒國籍上屬於法國人，但活動範圍從西歐到包括他的出生國波蘭的東歐。透過我們，他對東方產生了很大的興趣，表現出廣泛的嗜好。這種嗜好的傾向，我們幾乎可以用「垂涎欲滴」的字眼來表達他的貪欲。

賓芒是我生平第一個交往的歐洲製片人，法國電影社的柴田駿和川喜多和子又是什麼時候與他來往的呢？我第一次去歐洲、參加坎城國際電影節是在一九六八年。那一年，歐洲正因爲巴黎的五月革命動盪不安。我帶著「絞死刑」去了坎城，但電影節因抗議活動而中止。柴田留在坎城，透過賓芒之手爲這部電影決定了法國上映事宜後才回國。這是我的電影在歐洲的起步。

這也是電影輸出、輸入的工作者柴田和川喜多的起步。兩人是以什麼爲根據，選擇了賓芒呢？

「他以亞倫・雷奈的『夜與霧』爲起點。與早熟的天才尚・惹內[17]似乎是密友。」

柴田向我如此說明。

17 法國知名小說家、劇作家、詩人。

我對「夜與霧」沒有異議，阿納斗．賓芒以這部具有歷史意義的紀錄片出發，找到了精采的發展方向。但是，與尙．惹內是密友？

「不要緊吧，大島？和賓芒單獨在一起……」

我經常會聽到這樣半嚇唬人的話。呵呵呵，賓芒自己也曾經像是發現了一個玩笑般這麼笑著對我說。我們倆之間並沒有發生任何事。賓芒的夫人芭絲卡、他的女兒芙羅杭絲她們，都是獨立電影人。

「與尙．惹內是密友」這件事，賓芒從未試圖解釋。不過，在與他一同經歷過「感官世界」的工作後，有一件事很明白，那就是這件事要說就應該以更驕傲地方式說——我衷心地希望，也能被你視爲密友。

當他靜靜地坐上面試椅——令我驕傲的演員／佐藤慶

「佐藤[18]不是創造社的嗎？」

好幾個人曾經這樣問過我。我很吃驚，或者說有點發愣。眞可謂意外至極。

當時我剛升任導演就從松竹辭職，創辦了一間名爲創造社的小獨立製片公司，以此微小的根據地從事著電影工作。

我原本並不打算創辦獨立製片公司，一切可說是，不得不然。本來，我也沒有辭去松竹公司的意思，那時剛當上導演才一年。當時辭職我認爲自己百分之百有理，現在回想起來似乎也不是非要如此不可。只能說年輕氣盛，一切順勢

18 電影演員，曾演出大島渚的「青春殘酷物語」、「絞死刑」、「御法度」等作品。

而爲就走上了這條路。

辭職後首先遇到的困難是「沒有場地」，失去了和人會面的場所，碰面只好約咖啡館之類的地方。這讓我下決心要擁有一間像事務所的地方。

當然，在自己的家裡也可以與人會面。但我新婚不久，在京都赤阪租住的房間只有兩房大小，客人總是摩肩擦踵。藤澤的房子在那年年底建好，朋友開始突襲他的住處，但總不能一直把所有的客人都叫到藤澤家。

在我辭去松竹工作的同時，還有幾人在松竹的工作也跟著消失。第一個就是我的新婚妻子小山明子。丈夫辭去工作，連妻子也受到牽連，這聽起來十分荒唐。小山當時拿的片酬比我多許多，如果不能繼續演出松竹的電影，那按照合約簽訂的電影數拿片酬是理所當然的，但公司根本沒有想付這筆錢的意思。生性淡泊的小山也不放在心上。爲了讓她能繼續工作，必須要有間事務所。

因此我們找來戶浦六宏[19]，他是我大學時代的朋友，在大阪的一所高中當教師同時經營劇團，我強行把他拉來。小松方正[20]原本是新演劇團的演員，可能因爲氣味相投，他也看好我，於是選擇了出演我的電影而不是繼續留在新演劇團。

事情一路發展，與我一道從松竹辭職的石堂淑朗、田村孟也相繼加入。

雖說是一道辭職，但我們並非是同一天向公司高層遞出辭呈，我還不確定他們是否正式提交了辭職信。準確地說，他們應該是隨自己的意願擅自離開的。總之，這五個人，加上我一行六人創辦了這個供大家聯繫的地方——創造社。

如果單從身爲導演的我與演員的關係來看，我看佐藤慶，可能就是像大島看戶浦或小松的關係一樣。但實際上，從眞正的演員的角度來看，這個關係從一開始就截然不同。

我還清楚記得第一次與佐藤慶見面的場景，那是在「青春殘酷物語」的演員面

19　電影演員，曾演出大島渚的「俘虜」、「日本的夜與霧」等作品。

20　電影演員，曾演出大島渚的「太陽墓場」、「絞死刑」、「儀式」等作品。

試會議上。當時我們正在找與主人公川津祐介演對手戲的演員，這角色是年輕的黑幫流氓，像惡棍，或說是完全不明底細的不良少年。

那時，培育年輕演員的劇團大概有四個。從「俳優座」[21]培訓畢業、未能進入俳優座當演員的年輕人正積極參與各種戲劇活動。我本來不太相信所謂的「新劇」[22]，但如果用不了製片公司的一般演員，我們只能在這個地方找演員，這是當時的常識。

特別是年輕黑道的選角，越往後發展，來面試的人每個幾乎都長了一張流氓臉。就是那種，「我是黑幫流氓」的樣子，但就算真的見過流氓，也會覺得那種模樣過於定型，不是我要的。來面試的盡是這樣的人。

在這些人中，一般恐怕誰也不會想到要讓佐藤慶去演一個黑道。他臉色蒼白，身型瘦小，形象有點像是病弱的知識份子，就這樣靜靜坐上面試椅。我到現在都還記得，當我對他表示出興趣的時候，我的工作人員、帶他來試鏡的劇團經

21 東京的新劇劇團，爲當時日本五大劇團之一。

22 以歐洲近代戲劇爲目標的日本戲劇流派，反對當時舊派歌舞伎或國外劇碼的商業主義，傾向藝術導向的戲劇。

紀人都不約而同地一臉不可思議。

然而，當佐藤慶成爲一個極爲瀟灑——而不是穿著破爛——的黑幫流氓，眞的很嚇人。

接下來，他在「太陽墓場」裡是沉溺於女人和毒品的年輕醫生；在「日本的夜與霧」，儘管他說自己從來沒有那樣的經歷，還是完美扮演了相當知性的學生運動家，而那也很可怕。

當佐藤慶做到這個地步，儘管他在經歷上與被我視爲夥伴的演員沒有任何共通之處，我們在精神的最底處是連繫在一起的。也就是說，他會被視爲黑闇家族的一員也是沒辦法的事，那樣的存在感在不知不覺間會不斷變重。

我離開松竹後，被邀請到一間名爲「帕勒斯電影」的獨立製片公司拍大江健三郎的「飼育」，順便在東映拍了「天草四郎時貞」。這些都是我自己選的主題，在製作的現實面上，有些時候不得不接受有違自己心意的地方。

比如，選角過程不可能再像在松竹時那樣，長年地與某個演員合作、拍攝以他來構思的電影。我的選角方式變成就算對角色安排多少有些不滿，有時就順著當時的勢，走向另一番成果。

今天回想起來，與其說那是年輕氣盛，更像是年輕人心中的驕傲，我以爲，無論是怎樣的演員，只要是演出我的電影，表演高度都會更高。

這個壞習慣，讓我對任何不滿意的事都無法忍受。即使這樣的性格徹底暴露，我也會想「就這樣吧」變得自暴自棄。如果遇到特別不滿意的演員，我會覺得：「就這樣吧。這傢伙就這樣了，演得不好也就這樣拍吧。」然後徹底放棄對他的演技指導。

這種暴躁心情下拍出來的電影不可能會被欣賞。但是，當我聽到別人不欣賞我的電影時，還會在心裡吶喊：那些人不懂也罷！

拍完電影，我收到佐藤慶的一封長信，信中對我不耐煩的性格提出諄諄告誡。

我被這封信的內容打動，不只如此，他俊逸的字跡也讓我眼前一亮。聽人說，他是拓印製版的高手，年輕時曾以製版打工來維生。

佐藤慶不久就成爲我們創造社的主要演員，在「白晝的惡魔」中扮演性犯罪者，也在「儀式」中扮演一家之主。這些角色幾乎可以說都是我的自畫像。順帶一提，他從來沒有拍過廣告。

❖俘虜與天使——大衛・鮑伊

大衛・鮑伊[23]爲了「俘虜」的外景拍攝出現在南島的情景，我至今依然記憶深刻。

南島，即以庫克群島爲中心的拉羅東加島。在決定來此拍攝外景前，我從未聽過這座島的名字。這是屬紐西蘭管轄的自治島，位於南太平洋赤道以南。從地圖上看，它在夏威夷的下方，在斐濟的左邊，是一座海中孤島。

在這裡拍攝外景是因爲該片的部分製作經費源自紐西蘭。一天，我接到因經費問題去了紐西蘭的製片人傑瑞米・湯瑪斯的電話，他說對方以在紐西蘭拍外景作爲出資的條件。

23 英國搖滾巨星，於七〇年代開始引領了搖滾樂、靈魂樂、電子樂的發展，以關懷人權問題、前衛的時尚品味著稱。曾參與包括「俘虜」、「魔王迷宮」等電影演出。

「在紐西蘭拍外景？別開玩笑了！這說的是爪哇的故事。」

「紐西蘭在赤道下方有一座島。你看看地圖。」

於是，我放下電話，展開世界地圖，發現了拉羅東加島。在金錢面前，我無法對距離或氣候挑三揀四。當場我就回他：「好啦，好啦，就在那裡拍吧。」就這樣，拉羅東加島成了外景地。

在那樣的南太平洋上的孤島上拍外景，工作人員願意來嗎？比如演員，尤其是大衛・鮑伊？

他還是來了。我忘了當時自己正在做什麼，總之，我放下手頭的工作去迎接大衛。

我們居住的旅館叫拉羅東加旅館，說是島上最大的旅館，其實那是島上唯一的旅館。這座島上，不允許建三層以上的樓房，因此幾乎所有的寄宿者都住在別墅般的獨門獨戶房子。我急匆匆地沿著別墅林立的道路向前，迎面走來了大衛和他的助手可可。

實際上，大衛會帶幾個人來是個問題，這也一直是大家關注的焦點。我不知道最終的結論，自從傑瑞米．湯瑪斯以製片人身份加入後，一切事務性的雜事全部由他負責，我決定不一一過問。

不過，對大衛這樣的大明星究竟會帶多少人來，會擺出什麼樣的態度等，我並非不好奇。這是怎麼回事？大衛的行李簡單，背著一把吉他一身輕裝，身旁也只帶了一個身材嬌小的女助理（後來他向我介紹這個女性是他的助理）。

兩三天前剛見過面的朋友對他簡單說了句「又見面了」，他也隨興地只回了句「很高興在這兒見到你」。然後徐徐地看了看旅館四周的風景。

「哦，不錯。我們就是要在這裡成爲大島的『俘虜』啊。」

他面帶笑容點了點頭。喜悅從我的內心深處湧了出來，我心想，這傢伙還是滿懂的！我確實是把工作人員和演員當成了我的俘虜帶上這座孤島。我只有帶著這種心情，而工作人員和演員也帶著一樣的心情，外景拍攝才會順利。我堅信這部電影會成功。

似乎是爲了讓高興過頭反而緊繃起來的我稍微放鬆，大衛說道：「非常遺憾我無法遵守諾言，我答應你要在外景拍攝前學日語的。」

「我可是守了一半的約定喲，我的英語是不是好了一點？」

我終於能夠露出笑容。我和他在紐約約定，在外景拍攝前各自要學習英語和日語。

讀了「俘虜」——其實是讀了勞倫斯・凡・德・普司特的原作《種子與播種者》後，我決定將它搬上銀幕。從那時起，究竟有沒有人可以扮演主角之一的傑克・沙林斯，對我來說是最大的問題。沙林斯以其高尚的精神撼動了日本軍官伊野，我覺得職業演員人中恐怕很難找到合適的人選。我整天翻看美國、歐洲的演員名單，每每陷入深深的絕望。

原作者勸我去跟著名的好萊塢明星見上一面，爲此我還去過紐約。那次見面非常有意思我甚至想寫篇文章談談。不過見面並沒有結果，我對於沒有結果也非常滿意。畢竟這不是該由好萊塢明星演出的角色。

這時，大衛・鮑伊浮現我的腦海。大衛讀了我寄給他的劇本，捎來消息：你到紐約來，我們見個面。

在紐約的舞臺上，他正在演話劇「象人」。到紐約後，他爲我準備了一張票。我只是想讓他在電影裡演出一個角色，沒有必要來看他的舞臺表演。但出於禮節，我在看完他演出後的第二天去了他的辦公室。

現在我依然可以回憶起，當時他穿著白襯衫，手裡端著一杯水，靜靜地聽我說話。

他說他喜歡我的「絞死刑」，一切的談話朝著合作的方向發展。他只說希望我的英語能再有所精進，除此之外沒有提出其他要求。問到能否爲電影配樂的話題時，他說：「不了，這次我想專心於表演。」

最後我鼓起勇氣提起酬勞的問題，他只是淡淡地說道：

「製片人不是還沒有定嗎？那是和製片人討論的事情，現在不用談。」

海外演員的酬勞如果沒有定下來，那一切都是零，這是我長年以來得到的教訓。不過，那時候我學到了不同的人有不同的處事風格。我們互相約定要提升自己的英語和日語能力後就告別了。

在拍攝外景期間，大衛是大家的天使。外景拍攝結束後，他以電影的情景爲素材，策劃、編寫了一齣短劇，情商女性工作人員以及男演員的妻子演出，點綴了電影殺青宴的夜晚。節目的籌備我在事前竟然完全沒有聽到風聲，由此可見人們對他多麼親愛。

❖ 原下士的念珠——北野武

「彼得先生？……還是武先生？[24]」

「哎？」

「該怎麼稱呼那位先生呢？」

突然間向我提出這個問題的是大。大在我的工作人員中屬元老級的人物，電影工作的經歷則可以追溯到溝口健二。他是美術組的一個窗口，現在我們叫美術，過去叫道具。相關的情況沒有他不知道的，在工作人員中他就像部活字典般的存在。劇組中這個人存在與否，無論是對於拍攝效率或電影完成度都會有很大的影響。有心的導演都希望他能參加自己的劇組，但或許是上了歲數的緣故，他對於自己不喜歡的工作不大理會。夫人是個賢妻，又有一份良好的工作，他完全有理由不用勉強自己去掙錢。讓他的夫人也去工作，據說是溝口健二的

24　彼得武（Beat Takeshi），即日本電影導演、演員、主持人北野武的藝名，北野武除了導演工作外多使用此藝名。北野武於八〇年代以漫才表演闖出知名度，「俘虜」中的角色讓他一躍成爲知名演員。

智慧。我毫不猶豫地仿效了這種智慧，也同樣教給了我的工作人員。

我說：「彼得先生？你可眞怪，明明可以不用加上『先生』的稱謂。」

「不，不管怎麼說，他也是主演。而且，他在其他方面也有多年資歷呢。」

的確，自從漫才熱潮[25]席捲，已經整整兩年。誰都知道，在漫才熱潮前，北野武已經取得了不錯的成就。我理解大想要表達敬意的心情。

「不過，再怎麼說，叫彼得先生還是有點怪怪的。」

「那就叫武先生吧。」

「那聽上去反而像嘲弄他似的，也不好。還是不加『先生』吧。只要你叫的，彼得也好、武也行，我想他本人一定不會有什麼意見的。」

在我們議論不休的時候，彼得武本人一臉嚴肅地走了進來，開始定裝。

25 一九三〇年代從大阪開始發展的喜劇表演形式，通常是雙人表演，一方負責滑稽搞笑，一方負責嚴肅的吐槽，類似中國的對口相聲。

不同的導演，定裝的做法也不一樣。有極重視定裝的導演，也有人根本不在乎。在這兩種人裡頭，我可能屬於前一種。儘管如此，大家不要以爲我是個勤快的導演，實際上恰恰相反。

對我來說，定裝是拍攝前與演員碰面的唯一機會。有的導演喜歡在拍攝前三番五次地找演員開會。在這樣的導演手下，還會有同樣喜歡開會的副導演，開會從不間斷。跟著這樣的組，演員在拍攝前會以爲自己「什麼都明白了」、「一切準備都結束了」。

我不喜歡那樣，我根本不開會。有人會說，這樣演員不是無法理解導演的意圖嗎？開什麼玩笑，我的意圖全都表現在本（腳本）上了。演員和工作人員都讀過那個本子，應該要充分理解。有人會說，如果有的工作人員無法充分理解怎麼辦？開什麼玩笑！讀了我寫的本子，無法理解的工作人員或演員，我勸他就別拍了。

所以，我的定裝，不是給演員說明腳本或解釋角色的上課場所，而是演員穿上戲中角色的服裝後，自問心境如何，並將那種心情展示給導演看的場合。服裝、美術指導等職員，在爲演員著裝或穿戴飾品後，要向導演展示該演員將會成爲怎麼樣的角色。

這裡爲了不產生誤解，我要先說清楚：演員並不是把自己假設成一張白紙去染上角色的性格，所謂演員各個擁有精采的性格，應該要讓自己的個性與角色的個性糾纏，從中活出一個新的人物。

如此創造出來的人物形象，不會是劇本上寫的個性，而是在這個演員的個性之上成立的一個形象。這個形象將成爲電影能否成爲一部有魅力的電影的分界。

這件事通常要在最後的實際拍攝過程中才能夠明白，但透過定裝在演員穿上角色服裝的瞬間，我心裡就會有數。

穿上軍服的北野武一開始看上去有一點不合身，感覺不太舒服。但是，當時北野武的身體特徵很明顯地遺留了下來，他因爲痙攣症脖子不斷地抽搐，在這個不斷重複的動作中，我看到了屬於北野武的原下士。我無法抑制內心的激動。

自從讀了勞倫斯·凡·德·普司特的小說，開始想把它拍成電影，我在心裡無數次地想像了這個典型日本農民出身的殘忍下士形象。原下士的臉龐因爲演員人選未定遲遲無法定形，但是這個人物所散發出的生物般的氣息，已經長時間地充斥在我的周圍。現在，散發出此氣息的原下士，長著一張北野武的臉，正在我面前一次又一次揮舞軍刀。

「導演。」

美術的大先生喊了我一聲，向我展示了原下士脖子上佩戴的木質念珠。實際上，他想讓我看的似乎是念珠上掛的飾品內容。他像展示什麼秘密似的讓我看飾品裡頭的東西，是一尊佛像。脖子的念珠下掛著一尊佛像，也就是說，原下士有著某種宗教信仰。

「可以嗎，導演？」

大說完，像要藏起什麼東西似地，急忙地將佛像裝回去。

「沒問題，大。不過，我想我肯定不會拍到它的。」

「沒關係。這是心情上的問題。」

大的臉上露出非常滿足的表情，似乎在說自己今天的工作已經完成了。

北野武在電影的拍攝過程一直貼身配戴著那串念珠，它成爲原下士直到死去那一天都戴在身上的物件。我並不清楚北野武有沒有聽到我與大的對話，如果聽到了，他有沒有意識到這件事的意涵？

對我和大而言，這尊佛像不是爲了祈禱「俘虜」的成功而用，卻預告了北野武最後的成功，他的確在那之後將一切埋葬在玩笑中而奮起戰鬥。那之後過了十四年，我病倒在倫敦，回到日本時迎接我的是北野武親筆畫的坐在導演椅上的我，以及他的留言。

「大島導演，我等待著再次在現場被您怒斥的日子。」

❖ 唯一的天才——音樂製作人／武滿徹

「喂、喂，大島，你看到了嗎？」

聲音洪亮的中村登導演的聲音從後背傳來。

「唔？」

「武滿徹來我們攝影棚了。那個天才武滿徹！」

中村拿著腳本的右手大幅度地擺動，小個頭的身軀好像全身都歡欣鼓舞，他繼續說道：

「不過那個天才一臉就像是拉肚子的尚・路易・巴侯似的，拉肚子的尚・路易・巴侯喲。」

我忘記是什麼季節了，這件事發生在五〇年代剛成立不久的松竹大船製片廠，時間是正午過後。正是攝影棚拍電影的時段，中村登爲什麼離開那裡，跑到我這裡來說武滿徹就像是拉肚子的尚・路易・巴侯呢？誰也沒有懷疑過此事，整個片廠的人都知道，只要有開心、歡樂的事中村一定要和人分享。這是中村的優點。

這裡爲了不認識尚・路易・巴侯的年輕人，我先簡單介紹一下。他是法國舞臺劇出身的默劇名伶，當時正是他主演的「天堂的小孩」和「陰影」令我們興奮不已、流下感動淚水的時候。

但說「拉肚子的」可能有點多餘，或有點過分。實際上，武滿徹這個人輪廓很深，有點瘦削，長相優秀，確實是一臉散發著天才的氣質。

話說回來，我那天有跑去偷看中村組攝影棚裡的這個「像拉肚子的」天才嗎？沒有，性情有點乖僻的我肯定不會去看的。即便不去看，我想我也十分清楚年輕「天才」武滿徹的長相。

我聽過年輕的「天才」武滿徹的一個故事。他因爲家境貧困買不起鋼琴，只好在木板上畫鋼琴琴鍵，用手指按著這些木板上的「琴鍵」當作練習。據說聽到這件事的另一個年輕（比武滿徹稍微年長一些）的「天才」黛敏郎把自己用過的鋼琴送給了他。對於同世代有志於藝術的人來說，我們知道這樣的故事會深入我們心中，但再也不會發生。

我第一次當導演的時候，必須選一個音樂家合作，但做夢也沒有想到的是，我的腦海裡會浮現出這個天才的名字。這是件令人惶恐的事。

「大島，你的音樂要給誰做？」小吉問我。

小吉入職已經五年，似乎覺得自己有責任爲二十七歲才第一次拍電影的我挑選音樂家。小吉是吉澤博，他本人就是作曲家，曾與黛敏郎一同爲大庭秀雄導演的「純白之夜」配樂。不過，現在的吉澤基本上只當指揮。他在指揮方面因爲秒數上的精確性被喻爲天才。

我相信吉澤身爲音樂家的才華和秉性，打算接受他的選擇。吉澤推薦的兩人是山本直純和眞鍋理一郎。

「哪一個更有市場性呢？」

「那還是直純。」

「那麼我就選眞鍋吧。」

正如我所期待的，眞鍋爲我早期電影寫的音樂非常出色，尤其是「太陽墓場」，受到絕佳讚賞。

在眞鍋之後，不惜一切幫助我的音樂家是林光。當時，我已經是貧窮的獨立製片的電影人。那時候的我想儘量地減少音樂元素，也許未能給林光充分發揮的機會。不過，他還是寫出了令人印象深刻的音樂作品。

接替林光爲我作曲的是黛敏郎。有個情景令人難忘，我記不清是在合作前還是後，也記不清地點在武滿徹或林光的家，總之兩人都在，在場還有其他幾人，我們辦了個小小的宴會。

吃完飯大家開始喝酒，我喝得並不多。這時，林光和武滿徹突然間——卻又極爲自然地，坐上鋼琴椅開始彈奏起來。我記不得兩人當時演奏的曲子，只記得他們一起連彈了幾首曲子，看上去非常愉悅。那眞是個美妙的光景。即便是兩隻動物一塊彈奏，恐怕也無法營造出如此和諧的氣氛。如果武滿徹是尚・路易・巴侯，那林光露出的又是另一種不凡的樣貌。那是一個非此世間的生物向藝術之神進獻的時刻！

當時我心想，武滿徹與林光交換是正確的。在那之後，把工作交給曾經令我感到敬畏的武滿徹時，我不再遲疑。只有一次，反而是武滿徹遲疑了。那次是給「感官世界」配樂，他日後對此遲疑感到後悔。或許是因為發生過這樣的事，後來他毫不猶豫地接受了為我的紀錄片「日本電影百年」配樂。但我沒有想到，那竟是最後一次與他合作。

那之後見到面，是我去醫院看望他的時候。由於即將出院他顯得很健談。不過，不像尚・路易・巴侯，他更像是一位優雅的老婦人。回想起來，四十年過去了，那個年輕、充滿活力的尚・路易・巴侯不曾老去，從未變過模樣，對服裝的愛好也一如既往。

次年二月，我匆忙地踏上了往貝魯特的旅途。抵達倫敦時，一封電報等著我：武滿去世。

我曾經讓武滿徹參與我的電影演出，那是在拍「儀式」的時候。主角是年紀相當的兩個男人。接到一封寫著「輝道去世，輝道」的電報的滿洲男，趕往輝道那裡。這兩人的關係十分奇妙，好像是堂兄弟，又像是叔侄。滿洲男一直抱著在輝道面前抬不起頭來的自卑情結，從戰中活到了戰後。扮演滿洲男的人選有好幾個，最先定下來由河原崎建三扮演，但扮演輝道的人選卻一個也找不著。想來想去，大家商議由三島由紀夫來演。到了午飯時間，外景車停在東松山車站前，我們進了家蕎麥麵店。當場，我們從電視上看到三島剖腹自殺的報導。

我決定掀底牌，那就是我們幾人裡唯一的「天才」武滿徹。那天晚上，我回到東京，向武滿徹亮出了我的底牌。

「不行。」

武滿徹一臉嚴肅地說。

「我應該是滿洲男。」

第三章 ● 我的生存意義

❖ 帶著自己的方法參與其中——論「夜之鼓」[1]

遠處的鄉村小道上，一匹駿馬飛馳而來。馬背上的武士大聲喊道：「跪下！跪下！」鏡頭從武士身後橫搖[2]過去，茶棚裡休息的平民百姓起身準備跪拜。一支大名[3]的隊伍從遠處而來，鏡頭特寫了行進隊伍中的轎子，然後是跪拜者的七分身。行李隊的特寫，跪拜百姓的特寫、臉頰出汗，隊伍中衣服被汗水浸透的小倉彥九郎的半身。大名的隊伍威武地行進，然後出現字幕。

非常出色的片頭。必須長時間額頭貼地的平民，人或行李從他們眼前經過，根本看不到隊中人的容貌，這是百姓的不幸模樣；隊伍雖然從跪著的平民面前經過，但實際上隊伍中的人也一樣被迫付出勞力，這是他們的可悲形象；僅僅九個鏡頭就完美表現出扭曲的封建社會的百姓狀態，構圖準確，節奏十分穩健。

1 一九五八年上映，改編自近松門左衛門的《堀川波鼓》，橋本忍、新藤兼人共同編劇，今井正導演的文藝時代劇。

2 橫搖（pan）：攝影機運鏡方式，指將攝影機左右水平轉動進行拍攝。

3 江戶時代的武士頭銜，為將軍的直臣。

在扭曲的社會的組織中，美好、正直的人會受到威脅和折磨。有些人在時代和社會的壓力下敗給了哀慟（例如「來日再相逢」、「姬百合之塔」、「米」、「純愛物語」等作品），有些人在忍受痛苦的同時想像著人類和社會將迎來更美好的時代，堅持奮鬥下去（例如「青色山巒」、「不，我們要活下去」、「山神學校」、「這裡有泉水」等作品）。作品中，今井正[4]表達了對扭曲社會的認知和憤怒、對人類的認識，以及對可憐人類的人道主義同情。他以此為基礎，創作表現上常憑藉極端的合理性精神，引發觀眾心中清純、眞實的感動。用這種手法獲得的最大成就是「暗無天日」[5]，這部電影成為日本影史上的劃時代之作，發出**燦爛**的光輝。

「什麼！阿種與人通姦……如果眞有此事，那可了不得。你不要再提了！」聽完此話，觀眾第一次看到了彥九郎的妻子阿種。觀眾十分關注這個在丈夫出門的一年又兩個月裡與人通姦的阿種。為了回應觀眾的心情，鏡頭一直對著阿種，從她的表情中我們能清楚讀出她的心理變化。（弟）文六說完「回來了！」後的

4 戰後日本左派人文電影的代表人物。

5 或譯「正午的黑暗」（眞昼の暗黒），一九五六年上映。

特寫、被要求發土產給大家之後的那聲「好」、夜幕拉下時與丈夫一年兩個月的久別相對、被敬酒後的搖頭以及再次被敬酒後的特寫……這些沉重的動作、壓抑的聲音、不自然的表情都表現了阿種精神上的苦惱。

但是，人的內心的苦惱，是不是都會表露在外呢？尤其是在這份苦惱絕不能讓其他人知道的時候。此外，與分別一年兩個月的丈夫重逢，只有苦惱沒有高興嗎？即使犯下了與人通姦的大罪，但她沒有自戕，等著丈夫回來，這說明了她活下去的執著和渴望。要活下去！所謂活下去就是與丈夫一道生活。正因燃燒著對這種生活的執著和渴望，她等著丈夫回來。

相隔一年兩個月的重逢，酒杯從丈夫手中滑落、丈夫熄滅燈光、丈夫緊緊抱住妻子。這些姿態，今井正只能用全景鏡頭去拍，只能用這種最死板的敘述性鏡頭。而且，妻子幾乎是沒有主動的動作！

在拍攝社會、社會中相關的人物的行爲和感情時，過往總是正確的今井正在描繪女子出於本能的生理和心理反應時，已露出破綻。這是根本上對人性的掌握錯誤，亦即，他對人類的內在世界的分析、邏輯化上有所不足，具體而言包括了表現場合的演技指導，以及鏡頭的位置等問題。

面對追問妻子過往行爲的彥九郎，妹妹由良和母親欲言又止時的特寫；針對丈夫「什麼事都沒發生嗎？」的質問，妻子阿種說出「是的」的特寫；彥九郎聽完妻子的回答，放下心來突然喚來女僕的特寫。這些都是爲了表現而表現，並非人類的生理和心理的自然狀態。尤其是阿種前後十次左右的「是的」的回答，幾乎只有氣音的嘟噥，一般人根本不會發出那樣的聲音。這恐怕是因爲大家完全忽視了廣播劇的負面影響。

拍攝家庭會議時，微微俯拍的鏡頭表現出畫面中人物背後的黑暗社會，這是許久不見的今井式表現手法。但當阿種的妹妹阿藤開始聊起祭典，鏡頭一次都沒有對著彥九郎，這是爲什麼？當彥九郎詢問阿種她與私通對象宮地是如何往來時，阿種一臉狐疑露出了從未聽說此事的表情，這顯然也是失誤。這樣一個過去的事實從某個人嘴裡說出來的場合、這些話，在畫面的呈現上給人極為客觀的感受。

實際上，講述者根本不會如此客觀，但由於畫面的客觀性，聽到事實的其他人物和觀衆同樣地得知「某客觀事實」，然後採取行動。這不是自欺欺人嗎？阿種向丈夫坦白的情景更是如此。

阿種面對訊問通姦事實的彥九郎無法回答，鏡頭對著阿種逐漸放大特寫，這是今井正在合理主義下的表現手法。但是，這裡必須表現的是人類不合理的本性，此手法並不恰當。被追問的妻子站起身來逃向鏡頭又逃向遠處，丈夫也追了過去於是出現兩人畫面，這時出現了極度放大的特寫：阿種垂淚的表情，阿種的表情剛要變化，鏡頭馬上切換，出現妻子趴在丈夫身上坦白的全景畫面。除了上述場景，對於所有夫妻兩人的場景，觸發行動的心理過程全部都用特寫倒敘來呈現，行動則用全景。但是，這裡鏡頭必須要捕捉的，應該是行動被逼到極限下的人物究竟會露出什麼樣的表情，不是嗎？這裡也暴露了今井正的欠缺——他本身無法切身感受人的內心世界，這個世界裡的生理和心理的特性。

話說回來，阿種爲什麼會與他人通姦呢？

首先是她與床右衛門的對酌場景。「這不是理所應當的嗎？」、「是這樣嗎？」阿種在說兩句臺詞時語尾上揚的語調讓我頗爲在意。突如其來的賣弄風情！不過，這並沒有錯，只是她在與丈夫說話時沒有同樣的表現是不對的。這裡語氣甚至還可以再妖媚一些。重點是，在以那樣的語氣談及自己的丈夫時，阿種在生理上起了什麼變化。因此，聽說丈夫要再晚些回來時，她不僅僅是心理上受到衝擊，在男子向她撲來將她緊緊抱住用匕首要脅的時候、男子在鼓師宮地的歌聲中逃走後，女性阿種的身體已經處於準備接受男子的生理狀態了。

所以，她舉杯而飲、爲堵住宮地的嘴前往他的房間、爲獲得宮地確切的允諾而與他對飲，所有的舉動都是爲了麻痹自己的精神，同時也出於對男人的生理需求。

這是人類的自然行爲。這個自然行爲因爲發生在「一年兩個月沒有丈夫」的非人性狀況下，讓阿種成爲悲劇人物。所以，對此盡情描寫將能精采地點出主題——對扭曲人類自然狀態的社會提出的強烈抗議。

遺憾的是，電影並沒有如此表現。被床右衛門緊抱的阿種單單感到厭惡與恐怖；與宮地交涉時的她完全不見從容，只是發狂似地較真、要求他隱匿此事。在生理和心理上的僵硬，這絕不是人類的自然姿態。

同樣的表現也出現在彥九郎毆打妻子的場景中。彥九郎爲什麼怒火中燒？電影並沒有表現出來，但至少必須包含兩種契機，一是能強力回應「男人感覺」的生理上的憤怒，另外就是身爲「社會性的存在」自身立場被規範的意識上的痛苦。這時，當然一開始應該前者是主要原因，後者則是逐漸侵蝕彥九郎，最終他毆打妻子的力氣殆盡，茫然佇立。

清晨，彥九郎在憤怒和痛苦中熬過一夜筋疲力盡，畫面出現他的背影。一片安靜裡響起鳥叫聲，引導出安魂樂曲。彥九郎轉過身來，阿種背朝著他，背影淒涼。彥九郎向阿種靠近，銀幕上是兩人的全景。「阿種，妳爲什麼那麼做？」這句話蘊含了丈夫努力想寬恕妻子的心，這份心情超越了所有生理和精神上的憤怒與痛苦。緊接著，畫面是以阿種爲中心的兩人半身鏡頭，「可能是聽說你要晚些回來，心裡的桎梏就鬆懈下來了吧。」阿種的回答與通姦的場景並不吻合，但言語中傳達了眞實。兩人的心在此交合。

爲了表現這個情境，鏡頭用了半身鏡頭，丈夫擁抱妻子撫摸她的肩膀。彥九郎寬恕了妻子的不忠，內心湧現想與她共同生活下去的想法了嗎？這時，其他人物開始加入，銀幕上出現兩人的半身鏡頭、衆人的半身鏡頭，擁抱的兩人分開。電影到此爲止都表現得極其出色。

彥九郎試圖超越所有的制約，心境上受到美好感情的支配，兩顆交融的心在鏡頭正確構圖的描繪下更添表現性。正因爲如此，彥九郎在衆目睽睽之下離開妻子的舉動，對兩人來說是無法挽回的。

由良逼迫彥九郎制裁阿種，彥九郎終於下定了決心。丈夫在房間的一隅拔出短刀，妻子進屋，然後是兩人相對而坐的全景。「我再也不要妻室了！」妻子說：「讓我以死謝罪！」丈夫盯著她。妻子屈著雙膝，拿起刀。丈夫說：「將刀橫過來！」妻子露出胸膛。丈夫說：「就這樣刺進去！」妻子擺好架勢。鏡頭在丈夫和妻子間來倒敘換（從這個鏡頭開始，鏡頭開始傾斜）。妻子扔下短刀，丈夫起身拿起刀砍向妻子。刀刃上滿是鮮血，衆人走了進來。（鏡頭被擺正）今井正表現手法上的錯誤再次在這裡集中出現。

首先，爲什麼鏡頭要斜放？這應該是因爲今井正的理性精神。他認爲只要將鏡頭斜放，就能提升某種效果。這個計畫本身不壞，但不能忘了這裡還有一種東西並無法靠此完全表達出來，那無法徹底表現的，就是人類與理性無關的激情。因此，曾經打算原諒妻子的丈夫雖然內心因爲妻子的自殘十分痛苦，但還是袖手旁觀。當發現妻子未能自殺，他拿起刀砍向妻子。鏡頭未能抓住他內心扭曲的部分，也沒能表達清楚。今井正把丈夫的所有痛苦視爲同質事物以同樣方式剪接，但痛苦很明顯是不一樣的。這個場景裡，一方是受害者，一方是加害者。是丈夫心中的扭曲直接殺了妻子。

人類的扭曲的社會。爲什麼未能表現這一點呢？答案十分明確。我們必須先從掌握人類某段時間的生理狀態、其本質性的欲望和行爲開始，只有掌握了它，才能捕捉人類與生俱來的生理和心理在接觸現實後會如何扭曲、發展。

今井正似乎是從概念、形式上開始捕捉人心扭曲的社會，彥九郎的妹妹由良的形象就是如此。主張懲罰阿種的由良是女性復仇者。在她身旁阿藤嚇得渾身顫抖，她一樣怒目圓睜將刀刺向已死去的鼓師，對於群衆的謾罵、盛夏的太陽她一臉緊繃地承受，大喊：「我是得到官府認可的女性復仇者，有沒有官役在啊？」當看到今井正用鏡頭一路跟拍這樣的由良，並且將由良設定爲育有近六個孩子的母親、丈夫與妓女交往甚密的人物，我們就可以感覺到今井正用他敏銳的眼光注視著人心扭曲的社會。

我剛才說過，表現扭曲社會、淒慘人生的方法，最大的成果就是「暗無天日」。剛好從那時開始，國家進入了相對穩定的時期，但社會內部卻孕育了巨大的矛盾。這讓一路走來以現實爲主題的電影創作者一齊陷入了混亂之中。過去的方法無法再捕捉眞實。

今井正的「夜之鼓」正是這種苦悶的象徵。他一邊摸索新的方法，拍出了這部電影，最終讓我們明白了過去的方法究竟欠缺什麼，新的方法該向何處去。

進入人的內心深處，撚出內在的生理和心理上的本質，與社會產生連繫、掌握它如何扭曲前行，這恐怕才是今井正今後要採取的方法。也只有依隨這個方法，人類才能夠匡正自己被扭曲的部分，同時匡正社會，進行變革。這才是電影連結現實的變革的方法。

今日，在煩惱現實的變革的時候，電影創作者必須帶著自己的方法參與其中。無論喜歡與否，戰後十三年，日本的民主化發展至此、只發展至此的榮光與責任，有一部分屬於日本優秀的電影創作者們，尤其屬於今井正。他們也許超越不了時代，只能擁抱自己的時代活下去。今井正是對此感受最深的一個創作者。「夜之鼓」是這樣的今井正爲了誕生新方法陣痛最強、犧牲最多，但也是值得紀念的一部作品。

❖ 關於「今井正的電影拙劣」一說

如今是貶低今井正的好時機。「夜之鼓」不叫好也不賣座，共產黨處於低潮，世上平安無事，對「社會派導演」今井正來說正是辛苦的時期。（當然，也有人說「世上平安無事」是針對生活無憂無慮的藝術家、學者、評論家而言，國民大衆的生活並不安穩。我在某次電影集會上聽到此言，心情猶如被潑了一盆冷水。）

中平康和增村保造猛烈地批判今井正，他們說「他的導演技巧拙劣」、「我明白他要講的東西，但那只是很一般常識的，像大衆雜誌般的倫理觀。」、「還不如去讀社會批評的論文。」

對此今井正做了這樣的回應：「在細節上或許我的技巧拙劣，但其中還是有能抓住觀衆內心的東西。」、「我所講述的東西儘管是常識性的，像是大衆雜誌的倫理觀，但二位的電影連這都沒有表達出來。」、「我想請兩位好好想想，相對而言你們的電影更不賣座。」

雙方都只站在自己的立場，說些任性不過的話！就是這樣，才會被花田清輝說：「電影導演這個人種整體來說都缺乏自我批判的精神。」此時，我想說，今井正並不理解中平和增村的立場。

他或許也不清楚，在藝術的歷史或是某個時期裡，新的趨勢都會採取「形式變革」的姿態。在如今的日本電影界，中平和增村持那樣的立場，並非只是根據藝術上的資質，而是因爲無法在今井正的電影裡眞實感受到他將電影與社會現狀聯繫一起。不過，如果說中平和增村用那麼重的話否定了今井正的心情，就認爲自己代表了新趨勢，這也令人頭疼。

今井正的發言及製作電影的態度表現了他的根本想法，即電影是針對觀衆的。

今井正拍電影常常是爲了**提出某種訴求**，他一心都在思考**如何讓觀衆確實理解**。貫穿其作品的素樸的人道主義、基於理性主義的導演手法都是證據。因此，他的作品沒有去挖掘人類內心的不理性因素，單純地認爲人的存在本身並非不理性，只是周圍狀況的不完善而已。（不過，這並不一定與今井正如何看待「人」有關，就這一點，高倉光夫發表於一九五八年六月號《電影批評》上的一篇論文中做了細緻的分析。他認爲，今井正的作品裡將「觀念」視爲禁忌，在實際生活中卻是擁抱觀念的。）

今井正這樣的態度，理所當然地成了貫穿戰後日本電影的一條紅線，獲得觀衆的信賴也是自然。如今，要批判今井正，中平和增村不僅要分析今井正的方法爲什麼未能有極大革新性，也有必要打破至今爲止觀衆對今井作品給予支援的保守局面，由自己來承擔革新的任務。只是，這可能嗎？

中平和增村的言論及創作態度的特徵是，他們常常將自己封閉在電影內部。他們自負的「革新性」無非只是**嘗試迄今爲止其他導演沒有做過的事情**。（關於他們的「革新性」的涵義及局限性，我在〈這是突破口嗎？〉一文中，將他們定義為「現代主義者」。）這種情況下，他們批判今井正是沒有用的，他們必須從電影與觀眾的關係進行思考。

「媒體比觀眾更貶低他的作品」、「只要被說『好作品』的片觀眾都不買帳」、「我們認為『平庸的作品』，都是大爆滿的空前盛況。觀眾到底想到的是什麼呢？」這是他們對觀眾的看法。不過，我對他們的期望是能對此問題儘快做思考，而非如此高談闊論。我們沒有時間說今井正的壞話，應該說今井正所背負的問題應該當成自身的問題來背負，或許他們應該承擔的是雙重的重擔。

不承擔重擔，又怎麼會誕生偉大的藝術家呢？世界上從未有過先例。而且，如果不這麼做，當新的導演不斷出現，他們就會失去存在的理由。重要的事情，並非是出現一個優秀的導演，而是出現一票優秀的導演，日本電影才會好起來。電影工作者如果不相信這一點，該抱著什麼希望工作呢？

該走的第一步，就是中平和增村背負著今井正等前人的重擔，在這個基礎上完成他們的革新。具有果敢勇氣進行批判的他們，同時也要有肩負重擔的力量和眞誠。

最後，中平和增村認為，媒體和批評家像一堵牆擋在他們和觀衆之間。就這一點，我只想指出這樣一個現象：（增村的）「巨人與玩具」是大映大力宣傳的影片，但觀衆並不買帳。他們批判大師的立足之地受到了質疑。他們言論中的歇斯底里，軟弱無力的批評家要負起極大的責任。而從來沒有批評家對今井正說出如此明確的否定言論。

❖ 創作者的衰弱——批評「焚風小子」[6]

雖然導演的生涯剛起步，但在製片公司當了六年的副導，我十分在意電影是否**賣座**。愼重起見要先說明一下，所謂賣座就是有許多觀衆來影院看電影。當然，身爲創作者，我也十分在意觀衆的反應。（不用說，也有導演只在意來電影院的觀衆人數，根本不在乎觀衆的反應。）不管怎樣，電影導演爲了能夠繼續按自己的意願工作，商業電影必須獲得觀衆的支持。沒有電影可以脫離觀衆而存在。

最近，我對於在不公平競爭下賣座的電影有些動怒，例如「通往13階梯的路」[7]、「焚風小子」等片。

觀衆想看到的是**眞實的事物**，如實際發生過的納粹的暴虐行爲、三島由紀夫

6 增村保造導演，由三島由紀夫主演，一九六〇年代上映。三島由紀夫當時已經是世界級知名作家，答應演出的條件是：「（自己）不會干涉故事，但絕不演出知識份子之類的角色，希望扮演黑道等角色。」

7 「Affer Mein Kampf」由羅夫　波特（Rolf Porter）編劇、執導。一九六六年上映。

先生的眞實面貌。

但實際上我們看到的是僞裝成**眞品**的**贋品**。我的怒氣已經燃起，加上我沒有看到任何正面批判這兩部影片的言論，這更加令人惱火。

「通往13階梯的路」，對納粹的暴虐行爲導致最後失敗的情況描述完全只能稱爲**圖解**。電影裡描寫的就是觀衆平常聽到的，他們當然只有點頭稱是，即使出現了預料外的殘暴行爲，也只是能引起觀衆驚呼聲一般的內容，除此之外看不出任何事件本身的意義，尤其事件對於今日的意義。影片畫面的選擇和處理、蒙太奇、音效效果、音樂的使用等，都與創作者的主體性沒有任何關係，它完全就是一齣雜耍戲。

我不知道這部影片的作者是誰。也許從一開始他就想拍雜耍戲，去討論創作者的主體性反而可能有點幼稚。也或許人們都是這樣想的，才沒有出現嚴厲的批判。但這齣雜耍並非「獨眼小僧」[8]或「熊女」[9]。使用如此意義重大的素材，

8 日本的獨眼妖怪之一，有時以七八歲孩童的外貌出現。

9 背上長滿黑毛的少女，在日本的馬戲團中以「人面獸體」爲賣點被展示演出。

竟與創作者的主體性毫無關聯，僅僅強化了觀衆既有的認識。這態度是無論如何都不可饒恕的。

對由增村保造導演、三島由紀夫主演的「焚風小子」一片也沒有做出嚴厲的批判。這有一定的道理，因爲增村處於無可奈何的痛苦境地，人們都看在眼裡。但是很明顯的，這是增村最糟糕的一部作品。

首先，增村爲什麼要講這樣一個「黑道都是些吝嗇又命運淒慘的傢伙」的故事呢？我不明白。一直以來，增村塑造的都是現代英雄。一直以來，他描繪並謳歌的總是無視環境的約束、不顧周遭的氛圍、拋棄情緒，將自己的欲望赤裸裸呈現而行動的人物。這樣的增村爲什麼要描寫一個命運淒慘的黑道呢？

我以爲，這是由於增村不得不用三島由紀夫當主角。將三島描寫成一個英雄，增村沒有躊躇過嗎？原腳本（菊島隆三、安藤日出男編劇）正是黑道洗心革面的老調故事。如果是從前的增村，他一定會痛下決心改掉，因爲「洗心革面」與增村的思想絕對是格格不入的。但增村卻只是將腳本中描寫的主人公，也就是將優秀的黑道改成了膽小怕事、懦弱不堪的人。當然，這個改動也表現了增村不同凡響的創意，我的一個新聞記者朋友曾對此讚賞不已。但是，這也只明確表現了增村的社會意識，與創作者的主體性無關。

我還是想看他將三島塑造成現代的英雄。我想看他描寫的是眞正優秀的黑道，沒有洗心革面這回事，要無情就無情到底的男子。這才應該是增村電影中的人物。增村保造以完全主觀的鏡頭創造出那樣的人物，讓作品本身成了一個獨立的世界，日本電影第一次實現了與社會間的緊張的批判任務。但是增村的電影不是爲了描寫此現實而存在，而是做爲增村的主觀世界而存在。這才是增村最大的功績，是他賦予後來所有新創作者的財富。在「焚風小子」中，將主人公設定爲一個命運淒慘的黑道份子，導致他無法構築出增村的世界。而失敗的原因究竟源自何處？

拍攝「焚風小子」時，增村最困惑的可能是如何將「現實世界的英雄」三島由紀夫搬進自己的電影世界裡。此時，增村想到的方法是將現實世界普通人眼中的三島形象完全顛倒，讓他扮演了一個完全相反的人物——增村想借此保持自己電影世界的純潔性，防止現實世界的三島形象悄悄地侵入。

但增村接下來還可以有兩個方向的方法思考：一是觀衆能忽視三島由紀夫的現實形象，或者至少把他當作若尾文子[10]、船越英二[11]般的人物，或許能徹底塑造成命運淒慘的黑道份子；二就是讓觀衆明白，這是三島由紀夫在演落魄黑導的角色。然而，實際上觀衆無法完全忽視三島的現實形象，相較於若尾或船越，顯然三島與扮演的人物有著太大的落差，因此前者無疑是個失誤。

我感興趣的是站在後者立場的增村。如果是很明確地讓人物來**扮演某個角色**，觀衆對於角色確實無法同化，會產生違和感。然而，這麼做確也可以成就導演對劇中角色的批評，或是對角色周圍環境的批判。但是，三島讓我們看到他並非是在扮演那個角色，而是想徹底成爲那個人物。因此，即使增村有那樣的意圖，也無法完成對角色的批判，增村世界未能誕生……

10 日本正統派美女演員，生涯主演超過二六〇部電影，其中與增村保造曾合作約二十部，與京町子、山本富士子並列大映三大女演員。

11 日本性格派演員，與若尾文子、三島由紀夫共同演出「焚風小子」。

在這裡，我想提出一個重要的問題：增村是否一如往昔，想在這部作品裡打造出增村的世界呢？也就是說，他到底有沒有想過要描寫命運淒慘的黑道份子呢？我覺得他沒有。

增村感興趣的不是命運淒慘的黑道，而是三島由紀夫。觀眾的興趣應該也在那裡。增村的批判對象不該是命運淒慘的黑道，必須是三島由紀夫。如果能對創作者主體的干預方式有所自覺，即使讓三島扮演了這樣一個人物，他也能透過對三島的批判構築起增村世界。更甚者，他還可以塑造出不同的主角人格形象。

增村沒有注意到這樣的本末倒置就拍攝了這部電影，因此，該作品無法成爲所謂的增村的電影。他的興趣沒有放在角色身上，而在三島本人，這一點不應該受到責備，或者該說這種做法很自然。應該受到責難的是增村對此毫無自覺，或者說認識不足。因此，他拍攝了一部既不合自己要求，又違背了觀眾需求的電影。恐怕增村本人也懷有莫名的不滿。

這些都是因爲增村扭曲了自己的主體性。「焚風小子」是一部與創作者主體毫不相干的電影，這點只要與他之前的電影細細比較，就能看得一清二楚。「焚風小子」的單一鏡頭，看上去恐怕是粗陋的，這些鏡頭就算與此前的作品一樣，但是重量完全不同。同樣的角度、同樣的景框，同樣的人物設定，與創作者的主體沒有關聯的「焚風小子」每個鏡頭都像隨時會被吹飛般的輕薄。

電影導演就是這樣的存在。電影導演並非是拍出各種鏡頭或場景的人，重要的問題在於，導演是否化爲了專屬於自己的鏡頭、化爲了場景，是否總是賦予了創作主體重量。

我曾經有機會在同一天裡看了美國紀錄片導演羅伯特・弗拉哈迪（Robert Flaherty）的「北方的納努克」和「路易斯安那州的故事」兩部電影。

一九二二年，弗拉哈迪拍攝的第一部紀錄片「北方的納努克」描寫了愛斯基摩人在冰封世界裡的生活。這部影片中有一個愛斯基摩人捕獲海豹（海狗？）的場景，一頭海豹上當受騙，愛斯基摩人趁著一個波浪打來將牠捕獲。對他們來說，那是食糧，是支撐生活的非常貴重的戰利品。海豹與人們拚死抗爭。這時，近海處的另一頭海豹闖入鏡頭中，牠是被捕獲那頭海豹的夥伴。牠漂在黑壓壓的大海上，似乎在爲牠的同伴感到悲傷。海豹遭到虐殺的殘酷影像，強烈地反映出作者對極端生存條件的主體性態度。

一九四八年拍攝的「路易斯安那州的故事」則描寫了居住在沼澤地的原始部落，其中的少年與闖入領地的機械和油井。這部電影中也出現了拚死抗爭的場景，那是少年與一頭鱷魚。緊接著，擔心少年的父親出現在鏡頭裡，少年最終安全獲救。場景極具遊戲氛圍，看上去像是創作者站在一個安全的地方，只是瞇眼觀望著一切。

同樣是拚死抗爭、同樣是第三者的視角，兩個場面中蘊含的弗拉哈迪的主體性重量截然不同。我認爲，與其說「路易斯安那州的故事」是標準的石油公司出資贊助的宣傳片，倒不如說它反映了創作者弗拉哈迪感覺到自身衰老後的未盡情緒。

為什麼說是未盡呢？這個問題也回到了我本人。看了「焚風小子」後我感到的未盡心情是一樣的。我不由地感歎，連增村都這麼早就出現了衰弱跡象。當然，增村並沒有完全衰弱。其實，所有的創作者時時刻刻都站在衰退的深淵邊緣，當作品一旦喪失主體性，跌落的速度也是飛快。在那之後，不過是成為自動化電影生產過程中的一顆螺絲釘而已。實際上，在今日量產化的製片公司裡頭導演就是一顆螺絲，這件事很正常。創作者想要保住主體性，首先必須從拒絕當螺絲開始。只有這種拒絕的、鬥爭的抵抗感，才能成為不斷再次確立創作者主體性的動力來源。

「斷了氣」[12]這部電影讓我們重新認識了電影的魅力就在於不連續的連續，就這點而我認為它是部極優秀的電影，其中導演完全不去思考一生都以電影導演為業的做法也很好。我甚至認為，創作主體性得以精采地貫徹，原因也在於此。

12　法國新浪潮導演尚-盧．高達的代表作。

拮据的日本電影導演、電影人並無法做到這一點。他們不得不考慮工作做爲職業的長久性，這自然會讓他們走入陷阱。喪失了主體性，在某個意義上來說反而能站在一個更輕鬆的位置。爲了不陷入這個陷阱，創作者只有在一部部的作品中，一個個的鏡頭裡，在不斷檢驗創作的主體性下持續拍攝。只有這樣才能與觀衆達到一種**非虛假**的聯繫。

此時我只拍了一部電影，好不容易要進入拍攝第二部作品的階段，這樣的我來談創作者的衰弱恐怕有點奇怪。但是，周圍充斥著創作者喪失了主體精神的情況，幾乎已經讓這件事不足爲奇。秉著嚴厲的自覺，持續在電影中建立並維持我的主體性，我的前方只有這條路可走。

我第二部作品「青春殘酷物語」，也是一部透過現代的青春的扭曲和殘酷，來表現環境殘酷面的作品。

❖ 持續注視所有的角色——

關於「洛可兄弟」／盧契諾・維斯康堤

這無疑是一部傑作。與許多隨著年歲增長開始墮落的大師不同，盧契諾・維斯康堤[13]導演始終沒有失去觀察人類、環境與歷史的透徹眼光，我要向他致敬。創作者所需要的，不是具衝擊力的素材，不是華麗的技巧，只不過是一雙明亮的眼睛和掌控力而已。

「洛可兄弟」[14]將戰後的義大利百姓的生活栩栩如生地展現在我們眼前。影片毫不誇飾地描述了義大利百姓貧困和疏離的處境，完全描繪出人們在這樣的環境裡爲了重新當人，與生活鬥爭、追求愛情下的感傷交織模樣，內部與外在環境的扭曲，讓這些人只能進行不夠徹底的鬥爭、追求不夠完美的愛情。這才是名副其實的現實主義，維斯康堤堪稱是當今世界上最後一個現實主義導演。

13 義大利電影導演、舞臺劇導演，作品有「沉淪」、「浩氣蓋山河」、「魂斷威尼斯」等。

14 維斯康堤一九六〇年的作品。

維斯康提的現實主義，被認爲受到他身爲舞臺藝術家的力量所影響。在演技指導方面，他運用了史坦尼拉夫斯基[15]的方法，教導演員要生活在眞實之中；在展現演技的影像方法上，他採取了布萊希特[16]一派的疏離效果，這樣的兩面作戰讓他獲得了成功。

他準確地掌握住人的內心意識結構的優缺點，並確立了表現手法。例如，由於「洛可與他的兄弟」這個原本的標題以及刻意強調洛可的宣傳等原因，亞蘭・德倫[17]扮演的洛可一角或許很容易被誤解，但維斯康提沒有將這個人物理想化。創作者本人曾經明確說過，洛可體貼母親、注重兄弟情誼，甚至對妓女也懷有一顆善良的心，也或許這正是他未能拯救任何人，只是讓自己陷入絕望境地的原因。

這部影片最精采的一幕，是二哥西蒙在洛可面前強暴自己的前女友，現在是洛可戀人的娜迪亞，他以此表現出以洛可爲首的所有疏離者內在意識結構的正反兩面，化身爲激烈的行動次元，還有那些無可奈何下的衝撞，都淋漓盡致地

15 俄國演員、導演、戲劇理論家。提出演員必須精於觀察事實，揣摩眞實生活中的行動，並且通過頻繁的排演，在舞臺上投射出眞實生活。史坦尼拉夫斯基的理論被通稱爲「方法演技」（Method Acting）。

16 德國戲劇理論家、詩人，提出「疏離效果」（Alienation Effect），爲確保觀眾的情緒不被劇情發展所牽引，進而能夠理解戲劇意涵的表演方式。

17 六、七〇年代當紅的法國演員，後推出同名化妝品牌。

表顯了他所捕捉到的現代。

這部作品唯一的**缺陷**，是最後在連續鏡頭裡，對洛可的打鬥場面以及西蒙殺害娜迪亞場面的倒敘。從採用這樣舊式電影常識的點來看，我祈禱今後的他不要崩壞，對此滿心戒慎恐懼。

不管怎麼說，支撐著家庭的大哥文森到二哥西蒙，到洛可和老四奇洛，最後到老五盧卡，維斯康堤持續注視所有角色，這點儼然已讓他堪稱現代的大創作家。

❖ 創作者的現實意識與電影想像——「地鐵裡的莎姬」[18]／路易・馬盧[19]

馬盧試圖徹底破壞現存電影在時間、空間、手法上的刻板印象。現在的電影困在故事框架裡、受到戲劇效果的束縛、被人物形象與臺詞的一致性和關聯所捆綁。他爲了顚覆這種完全僵化的電影手法，反而忽視了故事的眞實展開，破壞人物形象的一致性，打亂了人類在時間與空間中的物理法則。他創造了一個完全不眞實的世界。

馬盧爲此採用了電影初期喜劇默片的創作手法，也就是定格、低速攝影等所有被稱爲「電影魔法」的拍攝手法。

在這種意圖和方法下，馬盧的電影十分出色，也很有趣。在電影一開始，儘

18 路易・馬盧一九七〇年執導的電影，根據雷蒙・葛諾的小說改編。

19 法國新浪潮先鋒，代表作爲「童年再見」，七〇年代轉往美國發展。

管有點兒迷茫，但我們很快就會被非現實的世界所吸引，這證明了他的意圖已經達成。尤其是在電影的中段，奇怪的紳士追逐從農村來到巴黎的十歲少女莎姬，莎姬四處逃竄的情景實在再有趣不過。最近並沒有哪部電影像它一樣，單憑閱讀情節很難瞭解整個故事。等看完之後，人們才開始瞭解這部電影，這才是真正的電影。從這個意義上說，我們可以說這部電影堪稱傑作。

但是，那場追逐戲後出現了艾菲爾鐵塔，電影從這時走下坡，也開始出現停滯。莎姬一個人徘徊在午夜的巴黎，途中睡意來襲便趴在路邊汽車小寐，這時出現似夢非夢般喧囂熙攘的人群印象，非常符合有「夜的導演」之稱的馬盧的風格，確實出色。但接下來餐館場景的大騷動卻只是無止盡的喧鬧，沒有任何意義，導演的意圖也不明，這到底是怎麼回事呢？

究竟是什麼原因讓馬盧意圖在此破壞已有電影的時間、空間以及手法上的既定印象呢？要回答這個問題，我們必須追問更本質的問題。

對此，馬盧寫道：「這個不合理世界的扭曲與誇張是無法以現實主義手法描繪的。被刻畫的世界本身就是扭曲又不合理，因此，我認爲只有非現實主義才更能逼近眞實。」

他眞的逼近了眞實嗎？儘管他說了這樣的話，但這部電影絕對沒有做到。

爲什麼呢？因爲馬盧並沒有準確地抓住現實與非現實之間的關係。他所說的「不合理世界的扭曲和誇張」本來就只能以非現實的手法捕捉。所以，馬盧說：「在這部電影中，景物、人物及整個世界都是不斷變化的。例如，莎姬穿著睡衣進來，一秒鐘不到的時間就說要換衣服。」這樣的手法其實一開始就已經決定好，直到最後都沒變化，反而讓形象變得僵化。

馬盧的現實意識受到他既定印象中的「不合理世界」束縛，絕對沒有面對眞實的「世界」。他的作品全然不去看現實中「世界」的變化或穩定狀態，及其中蘊含的非現實或走向非現實的契機，只是描寫了自己極度固定的想像裡的非現實。

這種想像本身是有趣的，但對現實沒有任何批判。不過，馬盧還說：「看了這部影片，感到驚訝的巴黎人想著要逃往鄉村。我想讓他們從這部影片中讀到現代的瘋狂。」很顯然，他志在批判現實，但這個志向顯然是徒勞的。應該沒有一個巴黎人會逃去鄉村。

對於結果背離意圖，馬盧是怎麼想的呢？既然試圖批判現實的意圖是正確的，他就更應該重新考慮一下自己的現實意識與電影影像的關係。這裡還有一個根本問題——馬盧想拍攝能破壞現存電影的時空與刻板手法的電影，這個意圖，以及批判現實的意圖，究竟何者應該先行？答案恐怕是前者。從這一點來說，正如馬盧所說的，他的作品也許成了「對於電影的電影批評」，但它最終沒有批評到現實。而且，即便是「對於電影的電影批評」也只停留在非常低次元的方法領域，甚至可以說比他的文章還拙劣。這一切都源自他一開始的錯誤態度。作爲嘗試非常有趣，但根本性的錯誤令人惋惜，我們期望他的撥正。

想一想，馬盧是不是過於熱愛、相信電影了呢？除了一小部分人外，我想這句話也適用於其他的法國新導演。他們有必要試著斬釘截鐵地去說一句：「電影是什麼東西！」如果不這麼做，他們的現實意識與電影印象間的逆轉關係就絕不可能有所改變。

「我相信觀眾的成長。我想，爲了打發無聊的兩個小時前往電影院的時代已經結束了。電影觀眾一點一點地在向小說讀者靠近……雖然還需要時間，但我們必須要努力地消除電影宛如『大衆鴉片』般的要素。觀衆不是爲了白天睡覺才去電影院，應該是爲了要去電影院，他們會在前晚好好地睡上一覺。」

這句話不是我說的。聽起來很像大島渚，但確實是馬盧的話。雖然步調緩慢，但這樣的時代確實在向我們靠近。在這樣一個時代，電影創作者最需要做的，是現實意識與電影想像之間的正確接軌，除此之外沒有力量能將觀衆與電影結合了。這是充滿了電影印象的傑作「地鐵裡的莎姬」告訴我們的事。

❖岡田茉莉子能成爲惡女嗎？

大家或許在街頭看到了某支燒酒的海報，就是岡田茉莉子[20]嫣然一笑的那幅，即說出「今天的燒酒，屬於大家的酒」的廣告。不過，在**酒精類**飲料廣告中露臉的女演員除了岡田還有很多人。

例如代言平價新清酒的有澤正子等。不過，大家還記得嗎，岡田茉莉子在燒酒廣告中是多麼顯眼多麼大放異彩！中村登導演頗具慧眼，一眼相中了她，在「集金旅行」電影（一九五七）中讓她穿著睡衣佇立窗邊，還讓戲劇演員東尼谷說了句「眞漂亮啊，跟燒酒廣告上一模一樣」，觀衆怎麼可能不沸騰。這個瞬間優異地表現出岡田茉莉子的魅力，以及她的人物形象對於現代日本社會的意義。

20 日本電影演員，演出上百部作品，代表作有「浮雲」、「晚春」、「秋刀魚之味」、「秋津溫泉」等。

燒酒是進不了**高尚**家庭的一種酒，同樣地，岡田茉莉子也是進不了**高尚**家庭的女人。她在代表作——包括在東寶拍攝「藝妓小夏」系列（杉江敏男；一九五四）、在松竹拍攝的「沙塵暴」（中村登；一九五七）、「每一天的背叛」（中村登；一九五八）——中都是扮演藝妓、小妾之女、二老婆之類的角色，已經如實地說明了這一點。從大衆倫理的眼光來看，她扮演的都是些**惡女**。在今日日本的年輕女演員中，扮演惡女角色無人能出其右。

由於演出這些角色，她在成人觀衆中享有極高人氣。的確，對於一日辛勞感到疲憊不堪的男人來說，尤其是家庭**貧苦**、除了妻子之外無人爲自己等門的男人，岡田茉莉子的形象就和回到家後喝上一口燒酒或托利 high[21] 一樣，既令人放鬆又有一種沁入心脾的甘苦感。

但是，男人無論喝多少終究要回歸家庭，回到那**貧苦**、良善的家。然後，他爲自己的醉酒後悔，將頭痛歸咎給燒酒。夜晚的某些時候，燒酒是男人的摯友，但在白天，它就被趕入無人之境。岡田在電影中的命運也是如此。

21 一種威士忌調酒。一九五〇年代日本刮起洋酒風，興起以平價威士忌「TORYS」兌蘇打水的喝法。

統治著日本電影的大衆倫理觀念絕不會允許有魅力的惡女走向幸福。她只能選擇承認自己是個惡女然後偷偷摸摸地在世界的某個角落生存（「藝妓小夏」系列、「每一天的背叛」），或是選擇追求幸福但以失敗告終走上死路（「沙塵暴」）。觀衆只有在能夠預期吞忍或失敗的結局下，才能對這樣一個頗具魅力的惡女放心地同情，或是產生同感。這種同感至多也只是喜愛和放鬆，就像喝了路邊攤販賣的燒酒，沒有給觀衆任何強烈的感動。所謂「強烈的感動」是對現狀的一種否定。岡田茉莉子扮演的惡女形象常常是對現狀的肯定。這是她作爲一個女演員的不幸，從某種程度上說，也是當今電影界迫不得已的現狀。

然而，我想要追求的是否定現狀的形象，是改變現狀的形象。

岡田茉莉子在澀谷實導演的「惡女的季節」中扮演一個徹底的惡女。爲了錢財，她企圖殺害娶了自己的母親爲妾的老人。爲了達到目的，她可以不擇手段，沒有任何的傷感或罪惡感。菊島隆三寫的腳本中的黑暗喜劇成分，很顯然受了「賊博士」[22]的影響，作品本身並沒有新穎或是高品質等值得驕傲的地方，但儘管是喜劇作品，卻自始至終以惡人爲主人公這一點上，可以說它在日本電影中有它寶貴的價值。而且，這個惡人還是女人，我們由此窺探到澀谷實導演的確具有非同尋常的、冷靜的批判精神。

岡田茉莉子扮演的年輕女子沒有任何理由成爲惡女，而且她根本就不認爲自己是惡女。這些與自身意志無關全被放在偏離人世間普通倫理位置的女人，看上去都是隱忍、人生失敗的軟弱女子，性格卻各個迥然不同。澀谷實導演將「**人類的欲望的無節制擴大**」的形象賦予了岡田茉莉子和扮演其母親角色的山田五十鈴[23]這兩個惡女，欲望膨脹的終點是殺人。

膨脹的欲望不但突破了通俗的倫理，更突破了非通俗的**人類的倫理**本身。所以說，如果這部影片獲得十足的成功，代表**人類的倫理**突破，而這件事將是最帶效果性的一般倫理的突破。把女性當作人類的欲望的化身，電影的出發點十分正確，因爲發現**軟弱的女性**中潛藏著這樣一種欲望會讓觀眾戰慄，

22 一九五五年亞歷山大・麥肯錐克執導的經典喜劇，導演柯恩兄弟曾於二〇〇四年重拍。

23 昭和時期的代表性女演員，與水谷八重子、杉村春子被稱爲劇場三大女演員。

成爲他們否定現狀的契機。另一個重要的原因是，扮演惡女的演員都頗具魅力。這是山田五十鈴和岡田茉莉子的責任，很顯然，山田五十鈴是錯誤的選角，因此岡田茉莉子的責任更加重大。

大家知道一個演員在什麼時刻最美嗎？有的女演員工作時的姿態最美，例如瑪麗亞・雪兒。不過，大部分的女演員是在陷入感情糾葛的那一刻最美。但感情糾葛各式各樣，如母親對子女的感情、姊姊對妹妹的感情、女兒對父親的感情，以及女人對男人的感情。

岡田茉莉子是這最後一種中最具代表性的人物，尤其是主動而又激烈的愛情，她可以完美地、全身地投入表現。她在日本電影界女演員中是稀有的存在，連在闔家觀賞的通俗劇裡當女主角，她也會以手臂從男人背後環繞，手指撫摸胸口來表現燃起的激情。

此時，她表達愛情的對象（這個說法可能有點怪，意思是深愛著的對象）並非男人，而是金錢。誠如對男人的愛情的演技，她表現金錢欲的演技也同樣是美麗的。必須要美。凝視著裝滿鑽石的小袋的眼神，和即將和相愛的男人翻雲覆雨的前一刻一樣，一定要濕潤，且閃爍著光熠。正是這樣的表演細節，才是岡田茉莉子的惡女形象是否足以打破日本電影和社會的壁壘的關鍵。而且，我們從這樣的表演中可以看出她身爲演員的大躍進。

對出演「惡女的季節」的岡田茉莉子來說，最危險的事情是在表演之前就已經被打上**壞女人**的烙印。我們對展露欲望會有所保留。當然，在這一點，她在同代以及上一代女演員中算是少見的。但是，更年輕的女演員似乎就生活在自己赤裸裸的欲望中，這樣的年輕一代正逐步佔領日本電影和日本社會的一角。

如果說電影演員有資格和責任去持續向年輕一代作出呼籲，那麼，岡田茉莉子必須瞭解自己的局限，並持續對此革新與釋放。「惡女的季節」就是她的出發點。在這段漫長的旅途中，充滿欲望的女性終有一天會成爲母親，演出背負生活重擔的形象。那時，她在電影中會活得更豐富、更精采，她那弱勢惡女形象的人氣會開始下降，並得到大眾的信賴。這也是對她長期以來一直扮演前衛的惡女的回報。

❖ 電影演員不可能扮演超越自己的角色／高峰秀子

儘管松山善三與高峰秀子兩人[24]遠正在威尼斯運河划船，我也絕對沒有要在此挑松山善三前輩毛病的意思。高峰秀子不在日本，現在大家很少能夠看到她出演的電影。關於這個演員，我準備寫一篇短文。我想盡可能選擇此時在話題電影中出演話題角色的演員，但沒有找到更合適的人選，因此我決定聊聊高峰秀子不在日本這件事。

這麼做是因爲看了木下惠介的「天外的彩虹」，我對「高峰秀子沒出現在這部電影」感到深深的遺憾。正如松竹媒體單位所喊出的，這是「**木下惠介描寫人類愛情的第四部作品**」。最近，木下作品的特徵是以誠實的人類作爲主角，這種人的生活方式獲得了普羅大衆的信賴。這種人就是高峰秀子，她主演的「二十四隻眼睛」、「悲歡的歲月」觀影人數衝破紀錄，電影獲得極大好評，而木下惠介也

24 松本善三爲日本電影導演、劇作家，高峰秀子爲日本電影演員，兩人爲夫妻。

成爲日本**最受信賴**的導演。

木下導演的「天外的彩虹」給觀衆帶來的感動不如前幾部，這當然是編劇（木下）的責任，部分原因也在於高峰秀子這樣具信賴感的演員未能參演。順便說一句，這部電影的確不是好作品，但我有新的發現，那就是木下惠介在自己電影的登場人物上所**寄託**的愛情，就算那是一種上對下的感情，也還是豐富而又純粹的。我們可以批評木下的作品，但如果不理解這種愛情，或沒有創造出超越它的愛情，那說再多都無益。

剛才我說，高峰秀子身爲演員具有一種信賴感，這種信賴是從哪裡誕生的呢？當然是因爲她在電影中都扮演了值得信賴的角色。但事情也並非這麼簡單，因爲，**電影演員不可能扮演超越自己的角色**。例如，在「二十四隻眼睛」裡扮演大石老師的演員，在過往的生活中就算不必背負和大石老師同質的沉重負擔，但同量或是更**沉重**的負擔還是必要的。（這個問題，後面會做詳盡的證明，現在我們就先相信這部電影。）高峰秀子扮演了值得信賴的角色並獲得成功，這是因爲她在生活中承擔的重負遠遠超過其他人。甚至可以說，那個**沉重**造就了人們對演員高峰秀子的信賴。

高峰秀子究竟承擔了怎樣的生活重量呢？傳聞她經歷過好幾場戀愛，據說她還爲了離開紛擾的環境遠赴巴黎。詳情我們不得而知，可以確定的是，當今或迄今爲止在日本以女演員的身份存活是多麼地苦悶，背負著多重的包袱。如田中絹代、山田五十鈴、望月優子、澤村貞子等超過四十歲並存活下來的女演員，與同年齡的男演員相比更具良善的人性重量。只要發現這一點對此便可一窺一二。

令人驚訝的是，高峰秀子在剛過三十歲的時候就具備了可以與絕大多數演員媲美的人性質量。這或許是因爲她不僅腦袋聰明、感受力敏銳，也是因爲她選擇直接去面對生活中的一切，並深深地接受它。

爲了生計也爲了保住明星地位，高峰秀子參演過許多無聊電影，不管之後的她顯得再聰明、感受力再敏銳，在當時的觀眾眼裡，高峰秀子不過是一個從童星發展成演平凡女兒角色的明星。

然而，她一直帶著批判眼光注視著商業電影裡的自己，那帶來了之後「卡門回故鄉」[25]的成功。這部電影的成功，完美展現了否定周圍環境的可能性，電影表現出導演木下惠介堅定的批判精神，同時也表現了出演主角脫衣舞女郎的高峰秀子不亞於導演木下惠介的批判精神，更證明她的演技能力足以表現此精神。

人們從這時開始承認她是一個有才華、有能力的女演員。透過一部接著一部的作品，她的演技與其中的豐富內涵不斷累積。然而，在她艱苦修煉的過程中，心中是否產生過「有才氣、有能力這些最後都是空」這樣的想法呢？我相信她有。我想如果不是那樣，她是無法如此出色扮演「二十四隻眼睛」中的大石老師。不管怎樣，拍完「二十四隻眼睛」後，她的地位超越了女演員，成了社會名士。

然後，她結婚也得到大家的祝福，看上去以主婦或演員身份過著幸福而穩定

25 木下惠介導演，一九五一年上映，是日本第一部彩色電影。

的生活。而日本這個國家也是如此，用學者術語來說就是進入了相對的穩定時期。雖然帶放射物質的雨仍下個不停，但這個國家表面上是平安無事的。

這裡希望大家能注意到，戰後至今高峰秀子的演技發生了巨大的變化。用一句話來形容，就是她的表演從高亢、激昂、不穩定轉變為低沉、安靜、穩定，這也與她扮演的角色從**外向**轉為**內向**的變化相對應。「二十四隻眼睛」後，高峰秀子以低沉、安靜、穩定的表演毫無破綻地扮演了內向人物，獲得人們的信賴。而這正表現了昏暗、渾濁、相對安定的日本狀況下，庶民的生活意識。

然而，如果維持此狀況，我們無法再期待電影中會出現能夠改變環境的人物形象。我們想讓在戰後日本社會、電影中度過充實人生的高峰秀子展現出新的躍進。這時，要讓她表演外向的人物恐怕有困難，那乾脆下決心以具諷刺性的表演去扮演一個低沉、安靜、穩定、內向的人物吧，藉此來否定環境。我相信，總是以批判性眼光來審視自己，以此獲得養分成長至今的高峰秀子，仍保有那樣敏銳的眼光。正由於期待著這種批判精神，儘管日本有那麼多女演員，我還是唯獨對現在已離開日本的她寄予厚望。

如何？由高峰秀子主演、木下惠介導演的「偷懶的卡門」[26]，大家還不想看嗎？

26 此處應爲作者的揶揄譬喻。木下惠介導演、高峰秀子主演的卡門系列只有兩片，一爲一九五一年的「卡門回故鄉」，一爲一九五二年的「純情卡門」。

❖不去表演的表演才是最好的表演？／仲代達矢[27]

有人說「呼風喚雨的男人」石原裕次郎[28]的「風速」有點下降，性急的媒體馬上開始尋找他的「繼承人」。身為最有希望的候選人，仲代達矢的名字開始在報紙和雜誌上的封面上出現。但這一切在某一天，風向突然變化。取代裕次郎，不，超過裕次郎若干倍的英雄出現了，那就是皇太子[29]。

他慎重而又大膽地接受周圍所有人的祝福，娶了一個「他愛的女子」為妻。眞心祝福此英雄及其訂婚對象的禮贊聲充斥著這個狹小的國家，報紙、廣播、電視都給以讚賞和祝福，總理大臣、反對黨的黨魁、吉川英治[30]、獅子文六[31]等就不用說了，連平常意見很多的文化人也衷心祝賀。我關掉收音機，跑上大街，斜眼看著為慶祝此事而搭建的彩門，舉杯暢飲。

27 日本戰後代表性演員，扮相宜古宜今，劇團出身的他與妻子共同創辦了「無名塾」培育後進。

28 日本電影演員、歌手，「呼風喚雨的男人」是他主演的電影名。

29 今日的明仁天皇。一九五七年當時的皇太子明仁與平民出身的美智子在網球比賽上相遇，二人於一九五九年結婚。

30 在日本有「國民文學作家」之稱，代表作有《親鸞記》、《宮本武藏》等。

耳邊傳來人們嗡嗡的議論聲，例如小酒館的女招待與手拿週刊雜誌的紳士的交談：「太優秀了，美智子」、「皇太子原來還挺有一手的！」、「我當初要是也去學網球的話就好了」。這些女人，明明到昨天為止是這麼說的：「仲代達矢真了不起」、「他的好處只有我們知道」、「那眼神真好」、「脖子的線條也好」、「是腰線好」。

像這樣，仲代達矢在酒館的女性中很受歡迎，不過，他在女演員中也極受歡迎。也就是說，他在「愛男人不退縮」的女人中，即性方向較自由的女性——如果不是這樣的女子是沒有資格做女演員的，至於是否有資格當酒館的招待，大家可以去問問認識的酒館女老闆——中人氣很高。在如今的日本，性自由的年輕女性不斷增加（這是值得高興的一件事。性不自由的人怎麼可能成為各方面都自由的人呢？），所以我說他的人氣也將一路攀升，這個判斷應該沒有問題吧！

那麼，他受歡迎的原因和魅力究竟來自何方呢？首先是英俊的外表。微鬈的頭髮、濃密的眉毛、清澈的大眼、高挺的鼻樑、整潔好看的牙齒、帶點稜角的

31 日本小說家。代表作有《海軍》、《自由學校》等。

下巴、突起的喉結、有點躬姿的肩膀和後背、結實的腰部、修長的雙腿，以及身高一七五公分、體重六十八公斤的勻稱身材，的確很完美。如果，他跌跤的話怎麼辦？請放心，他即使跌跤，栽了個大跟頭，也都是美的。一般情況下是不會有人看俊美的人笑話的，即便他跌了個大跟頭。

可以說，仲代達矢的美是堅忍不拔的美。他的外表是由內在美支撐的，而所謂內在美就是指被解放的自由肉體和精神。也就是說，他是一個可以自由思考想做什麼事，並爲此採取自由行動的人。（請大家一定記住，這是在自由女性中受歡迎的條件，也是演員的第一條件。）因此，他的外表美擁有了豐富的表情。看到仲代達矢，你不會覺得他像經過優良訓練的牧羊犬一樣英姿颯爽嗎？

這麼說可能會招來仲代女粉絲的討厭，既然要被討厭就再多說一句，詹姆斯·狄恩是不是像悲傷的雜種棄犬，馬龍·白蘭度像不像桀驁不馴的鬥牛犬呢？我發現像狄恩和白蘭度這樣來自演員工作室，（由優秀演員蘇珊·史特拉斯堡的父親李·史特拉斯堡主導的演員養成工作室，李·史特拉斯堡是優秀的演員推手，夢露也曾在這個工作室學習過。）身型都有點微躬，那是一種狙擊獵物的姿勢、最容易捕獲獵物的動物般的姿勢。我不知道史特拉斯堡是否曾教導他們用這種姿勢，仲代達矢的後背也是微微前躬的。在演員的肉體和精神裡，必須一直燃燒著像野性動物般的粗暴欲望，這種欲望必須要能隨時呈現出來。

這裡，我們思考一下演員的**訓練**問題。前面我指出仲代達矢是**訓練有素**的牧羊犬，雖說訓練有素，所謂的演員其實只能自己在訓練自己。仲代達矢就是時時在自我訓練的演員（當然，他也有幸獲得像千田是也[32]這樣優秀的表演者的指導）。訓練的一部分是我前面提到的，爲了將自己打造成能主宰自由解放的心靈與肉體的人而奮鬥。仲代達矢擁有先天的優良素質，仍然和這個困難的挑戰不斷搏鬥。訓練的另一部分是，發揮演技，以及作爲發揮演技前提的，日常生活裡所下的表演工夫。在這裡我特別使用了「工夫」這個老派的語言，現在的日本電影界瀰漫著輕蔑工夫的風潮。

當電影導演說不去表演的表演才是最好的表演，懶惰的明星便乘機搭上了便

32　日本演員、舞臺藝術家。

車。戰後還出現了一群「自稱演員」的人，他們在史坦尼拉夫斯基系統的壞影響下，只看了一眼劇本，便漫不經心地或**只是思考了角色的情緒**就站在鏡頭前。（再怎麼考慮角色情緒，身體是不動的。史坦尼拉夫斯基被以這樣的形式引進日本，以土方與志爲代表的左派演劇人士應負起重大責任。大家不覺得，這和馬克思主義引進日本的方式如出一轍嗎？）

所謂的表演，即是工夫。仲代達矢似乎對此抱著自身的思考。

「在電車裡，如穿著紅帶女式木屐的年輕男子，閃著髮蠟光澤的頭髮留下了哪種美麗梳痕？兩個小職員爲了吸引前方女子的注意，大聲談論著什麼話題……我一直以來都帶著演員本性在觀察這些極爲細微的事物。」

我想，在回自己的公寓的途中，他肯定會試著模仿看看吧。這才是眞正的演員魂，專業人士的態度。他的表演乍看像天才的表演，背後其實有著這樣的訓練和工夫作爲基底。一直以來，有種螢幕魅力來自只有素人才會散發的素人氣質，現在第一次出現了兼具素人魅力和專業人士演技的男人。正因此，仲代達矢的出現，應該要被記在日本表演藝術歷史上電影演員自我意識覺醒的第一頁。

仲代達矢現在人在由小林正樹導演、五味川純平原作的「人間的條件」拍攝現場，已經爲了融入主角梶這個角色奮鬥了近五個月。梶的英雄魅力，讓無數讀者愛上這部小說。仲代達矢有幸扮演這個重要角色，將英雄的眞正價值傳播世間。

梶不知道徵兵令什麼時候會來，他心愛的妻子厭惡戰爭，爲了免除兵令他接受了礦場上管理中國工人勞務的工作。在管理上，他認爲要將工人當成人來對待，即便是俘虜也不例外。梶因此成了遭遇危險的受害者，但同時，他的管理方法使工作效率得到提高，爲侵略戰爭做出了貢獻，這又讓他成爲一個加害者。梶最具魅力的地方在於，身在其中他不僅僅只是苦惱，還爲了克服那樣的分裂採取了行動。戰爭無可避免地走向失敗，那也將梶捲入完全惡化的環境。那就像是，「犧牲者與劊子手，只能讓人看在一種姿態……在最終的時刻，兩個角色中，拒絕其中一方的唯一方法就是成爲另一方。」（沙特）當那樣的時刻來臨時，他選擇積極地站上受害者的立場。

許多演員都想扮演梶這個角色，據說小林導演心中有多個候選，一時難以決定。不過，我覺得仲代達矢還是最適合的演員。正如前面所說，他是被解放的自由人——演員。他能精采表現出對生存、生活的執著和渴望。用腳踩死甲蟲不是什麼大事，但踩死貓就需要極大的勇氣，這是因爲，貓**活著**的感覺更加強烈。人也是如此，強烈想要活下去的人，當他活著的表達受到了壓迫，會顯得更加可憐。爲了讓梶的悲劇能眞正打動人心，梶必須是個生命力旺盛的男人——他今天、明天都想和心愛的妻子同床，他喜歡美味的食物，他想和周圍的人們融洽相處。從這一點來看，仲代達矢的確非常適合這個角色，他可以完全表現出人物的悲劇性。

這些既說明了梶爲何並不想完全成爲受害者，也解釋了到了最後他自己抹殺原始人性，徹底成爲受害者這件事，如何讓他眞正成爲美麗的、崇高的悲劇主角。但是，各位，這裡要請大家想一下：**梶爲什麼沒有淪爲徹底的加害者**？有什麼能爲此擔保嗎？相反地，所長、岡崎、古屋等角色爲什麼完全變成了加害者呢？如何呢？有答案嗎？

我可以斷言，五味川純平在原作中並沒有對此說明，這是這部作品最大也是最致命的缺陷。在松山善三和小林正樹共同創作的腳本裡，也沒有這樣的說明。那麼，最後在電影成品有把它表現出來嗎？

梶爲什麼能不成爲加害者？小林正樹、所有電影成員，還有仲代達矢，都有義務回答這個問題。否則，我們是否就無法得知當人被丟進那樣惡劣的環境，要維持尊嚴究竟需要培養出什麼樣的力量？

我簡單說一下我的看法，我認爲原因在於梶是個知識份子，他習得的觀念成爲他精神的一部分，而精神的力量抑制了徹底成爲加害者的可能性。他一直爲雙重的立場所苦，最終積極選擇了受害者立場。作爲知識份子和中立者，梶只能透過精神力量來克服自己的中立立場。五味川純平為了賦予梶大衆魅力，讓梶採取了實際行動，但卻過於輕視促成行動的背後精神力量。

腳本繼承了此缺陷，電影可能也是。就這一點，仲代達矢究竟會讓我們看到什麼樣的表演呢？實際上，我有一絲不安。他要表現的絕非傷感，不是情感上的同情，也不是微弱的正義感，而是必須表現出在幾度懷疑下，自身的傷或是觀念，表現出精神中習得的觀念的強大力量。我的不安是，仲代達矢還年輕，在他的生活裡可能不曾因某種觀念受到傷害，是否無法完全表現梶所背負的問題重量。此外，我也有所期待。也許他是擁有強烈欲望的演員，在五個月與角色奮鬥的過程中，身為一個演員同時也身為一個人，仲代達矢的內心已經感受到梶所抱持的觀念的沉重。

如果仲代達矢沒有辜負這份**期待**，那他的可能性可以已經無窮地擴張；如果我的擔心成為現實，那麼，他的可能性要想擴張到全日本還需要一段艱苦的歲月。現在，人氣一路攀升的他，身為演員正走到岔路口。雖然一開始人們極力讚賞，認爲他被解放的、自由的肉體和精神，讓他保有開放性和自由感，但近來似乎也出現了僵化傾向。這也許與他的年齡相關，他的生活、地位也逐漸受限了吧。

因此，這裡必須討論演員注入新生命力的方法。一是，讓肉體受到更大的鍾煉，另一則是將觀念化爲內在的精神。如果說電影「人間的條件」中梶的形象是成功的，那可以說他已經開啓了突破口。我前面說過，五味川純平在塑造此人的形象上有致命的缺陷。我覺得，這個缺陷將使仲代達矢無法百分之百地成功成爲梶。但我仍十分期待他透過扮演梶這個角色有所成長。我想將賭注下在仲代身上，而不是梶。

原因在於，就算梶是個英雄，結局還是會走上失敗的路。他的抵抗顯得再美麗、再強大，失敗終究是失敗。選擇他，我們就必須去否定那個探尋的形象，最終回到透過變革取得勝利的人物上。然而，若是優秀的演員，反而可以幫我們塑造出原是觀衆應該想像的形象。仲代達矢曾對自己的演員生涯作這樣的思考：「像櫻花一樣在瞬間綻放、在瞬間凋落並不是值得高興的事……那就算長得醜一些也要活得久、在求生存中向前走，這樣的想法又太無情了。」這是多麼強大的稟性。他既能演知識份子，又能演勞動者，他也許能成爲第一個在日本電影裡，成功詮釋「變革環境最終取得勝利」的姿態的人。那時，讓梶這樣不斷經歷失敗的日本這個國家，像梶這樣不斷失敗的人將能脫胎換骨，進而改變這個社會。

田村孟曾經在《電影批評》雜誌上評論過「人間的條件」。他認爲，好不容易活下來的王亨立如何能在六百勞動人力中存活？以及好不容易活下來的梶在戰後日本會做些什麼事？這兩件事必須放在相對的位置上加以追問。

無論是活下來的梶，或是繼續他生命的仲代達矢、田村、我們這一世代的努力（雖然有幾分懶惰），從皇太子婚姻在全國人民祝福下受到認可一事，我們看到媒體在喧譁，貧富差距正在拉大，厚生省[33]發表白皮書警告日本到了一九六五年可能遭遇毀滅性危機，但人們對此置之不理。這正是一九五八年即將跨入

33 日本政府部門機關，掌管醫療、保健等社會福利，二〇〇一年與勞働省合併。

一九五九年的日本今時今日的風土環境，它反映了歌舞昇平是當今藝術界的現狀，所以我必須在此說出來，否定現實的變革，而且必須是能獲得最終勝利的變革形象，究竟為何物。

❖女明星的選擇與觀衆的移情作用——山本富士子與日本的頹廢

「給世界的戲劇運動注入新朝氣的偉大劇團」，以上是主辦單位朝日新聞爲莫斯科藝術劇團寫的宣傳文案。試問，它眞的爲日本的戲劇運動注入新生氣了嗎？不管怎麼說，它爲日本新劇界帶來巨大衝擊似乎是事實。先不提有「日本的拉涅夫斯卡婭[34]」之稱的東山千榮子哭哭啼啼的可憐模樣，對於日本史坦尼拉夫斯基派的教祖下村正夫曾致電山田五十鈴並在電話中控訴：「我的想法沒有錯！」一事，我只想說：別開玩笑了！

或許他對戲劇的解釋沒有錯，但是在演員培訓者、劇團領導者這方面的做法則完全錯了，所以我們才會看到「新演」[35]出現分裂、赤字持續擴大，陷入無法公演的境地，這完全揭露了現在「日本新劇」（特別是左翼）號稱領導者

34 蘇聯女演員、藝術家。

35 日本劇團「新演劇研究所」的簡稱。

的人士多麼欠缺自我批評的精神。就算這樣極爲愚蠢的狀況只是例外，但大多數老一輩的新劇界人士，或是雖然年輕卻已經受到廣播、電視、電影的商業主義荼毒的新劇界成員，他們對莫斯科藝術劇團感到驚艷，與自己的表演舞台相較又感到絕望，他們辯稱：日本也有日語的舞臺表演，（差異）是因爲我們的社會環境不同，或是更過分地說——因爲吃的東西不一樣！就這樣，他們最終並沒有把莫斯科藝術劇團的表現和自己在創造性上的問題相連，只表現出奇妙的刻板反應。

在這樣的環境中，一部分新劇界的年輕人和被下村正夫拋棄（或拋棄了下村正夫）而留在「新演」的人，或者其他像我前面極力讚賞的仲代達矢一類的人，在感動的同時，也堅信只要不斷累積正確的訓練，自己也能做到像莫斯科藝術劇團那樣的舞台表演。聽聞有人抱持這樣的正向信念，我非常高興。這些人能夠親眼看見眞正的演員藝術的姿態，而那迄今爲止還是人們在夢想中暗自摸索之物。

而且，幸運的是，他們擁有提升自己到如此創作水準的意志和能力，這樣的創造方法的發現，正是日本誕生眞正演員藝術的第一步。我爲此感到莫大的欣喜。不同於虛僞的新劇領導者，一生都在追求眞正藝術的偉大劇評家安藤鶴夫曾說：「莫斯科藝術劇團讓學習日本藝術的人變得更虛心，也賦予他們新的勇氣。」

然而，遺憾的事情是，立志學習藝術之人，心中不會永遠只存在謙虛和勇氣，有更多時候，他們的內心是被恐怖的絕望和頹廢給侵蝕的。在這裡，我必須向大家坦白一件事，我在看完莫斯科藝術劇團後被徹底感動，心中想的是：「不行不行，我最近想的問題太小氣了。胡亂寫了些劇本，一心只想趕快當上導演，這樣不行，這裡出現了**眞品**，我要做的也是眞品，絕對的、誰也沒有做過的、新的，**眞正的……**」在那充滿勇氣和希望的夜晚的一週前，我看完「白鷺」和「弁天小僧」兩部電影[36]後喝得酩酊大醉。我和吉田喜重兩人，看完電影站起身，我說：「眞頹廢啊。」「可不是嘛。」我倆面面相覷，只有苦笑。

36 「白鷺」是由衣笠貞之助一九五八年根據泉鏡花的同名小說改編、拍攝的電影。「弁天小僧」是伊藤大輔一九五八年根據河竹默阿彌的歌舞伎《白浪五人男》改編、拍攝的電影。

那一天，吉田剛從漫長的外景拍攝回來，而我第二天就要出發去拍外景。

立志於藝術，不對，應該說立志於「藝術的革命」的兩個年輕人，還有許多非看不可的電影，即使不看電影我們之間應該也有很多話可談。讓這樣的兩個人勉強達成觀看協議的，正是這兩部頹廢的電影。「弁天小僧」自然是出自頹廢的幕府末期盛開的奇葩默阿彌[37]，故事主題是淡淡的純情和末路之歌，講述了小偷要敲詐店主卻陰差陽錯發現自己是店主私生子的因果；「白鷺」根據明治以後將日本人的復古之心研究得最入骨的泉鏡花的作品改編，故事講述藝妓追求金錢和道義，想與最愛的男人生活卻不得不受厭惡的男人擺布，最後選擇了一死。兩部作品的高潮都表現在女子的和服被脫掉險遭侵犯的場面，除了頹廢還能做何形容？

這兩部電影的頹廢香氣不僅吸引了我們二人，也讓許多觀眾走進戲院，在去年屢創票房紀錄。我想，我們可以因此斷言，「頹廢」不僅存在於兩個年輕藝術家的心中，也在今日所有日本人的心裡佔據了重大位置。

37 即河竹默阿彌，日本歌舞伎作者。

有「日本第一美女」之譽的山本富士子，在（電影發表的）一九五八年到五九年期間，正是日本頹廢的象徵。我認爲「白鷺」和「弁天小僧」兩部電影的魅力完全濃縮在特寫山本富士子的海報上，畫面上的她將最後刺入自己雪白酥胸的髮簪銜在唇邊、雙眼迷濛，勉強地抬起臉龐。美女，絕對是美女！正因爲美貌，她未能與相愛的男子結合、拒絕成爲嫌惡男子的附屬品，這樣肉體和精神都十分美麗的女人，最後走向悲劇性的命運，或死亡。在「湯島白梅」、「夜之河」、「日本橋」、「夜之蝶」、「白鷺」等票房成功的電影裡，山本富士子似乎都賦予了角色討喜的性格。她是絕對的美女化身，是男人誰都想要她，是女人誰都想成爲她。

她那絕對的美也讓她成了**受禁的女子**。電影中受禁的情節喚起了觀衆的「受虐欲」，而她所背負的悲劇命運又喚起了他們的「施虐欲」。濃縮了這點的場景出現在「白鷺」，當佐野周二對她百般糾纏，強行脫掉她的衣服正要強暴她時，她選擇了自殺。這不是「頹廢」又是什麼呢？在這些電影中，沒有男人和她是對等的。她喜愛的男人大多年輕、英俊，即使誠實卻都靠不住。還會出現另一種男人，富有、具社會地位，但都覬覦她的肉體。她的絕對的美，成了一種悲劇的模式。除了上述的幾部作品，她在成功之作「彼岸花」（小津安二郎）中也是如此，沒有戀人的她沒有步入結婚，一生和母親相伴相依。

觀眾是如何追求她那絕對的美麗呢？有一個非常確鑿的證據，即由她擔綱的現代劇裡，只要是描寫她交到完美男友、有美好結局的電影，無論是作品或票房上都以失敗告終。觀眾要求山本富士子的絕對的美，不僅僅限於肉體，還在精神上，「冰壁」、「飢渴」等以「外遇誘惑」爲主題的電影票房失勢便完全證明了這一點。觀眾以這樣的方式創造出擁有絕對的美的偶像、產生移情作用，追求精神上的昇華。這樣的日本人的生存方式，不是頹廢又是什麼呢？

被譽爲「絕對的美女」的山本富士子不僅受到「她我族」[38]的支持，粉絲範圍恐怕還要廣泛得多，就連堂堂中年紳士也談之「色」變，東京大學教授林健太郎[39]先生就是其一。「當今日本，山本富士子是美女這是不言而喻的事情。我

38 「ミーハー族」爲日本昭和初期年輕人的流行語，源自「みちゃんはちゃん」，由來爲當時年輕人的姓名多以「み」(mi)或「は」(ha)的發音開頭，後來年輕女性談話間開始以其諧音的「me」代替「我」，以「her」稱「她」。

39 日本歷史學家、評論家，曾任東京大學校長。

的信念就是美麗的事物會因爲美麗受到喜愛，我去看山本富士子的電影首先就是爲了觀賞她的美。」連引述他的話都令人害臊，這是怎麼樣的狂熱呢？林健太郎還就她的美的本質和涵義，說出了符合他歷史學家風範的評語：「(她的美有)桃山文化風格的[40]富態和豐腴。」我希望，他能再以自身的寫作主題「現代社會主義的回顧」，對山本富士子的美做出不同的討論。不管怎麼說，連這樣的大人物都加入行列，電影評論家的讚不絕口也就合情合理了。

絕對的美女，再加上**演技技巧**，更是不得了。今年山本富士子終於成爲最佳女主角獎的候選人，獲獎應該不成問題，我不反對她拿最佳女主角獎。演員獎項並不是要頒給「演技」，而是應該獎勵具演技的某演員或某演員演出的角色所散發出來的「魅力」。這一點一定要說明。以此爲基準，山本富士子以「白鷺」中的表演摘下最佳女主角獎項，這對一九五八年的日本電影界是再當然不過的事。不過，「彼岸花」一片的狀況卻不同，在那部電影中她只是配角，大家不要搞錯了。與此同時，山本富士子以「白鷺」獲得最佳女主角獎，「白

40 指十六世紀後半至十七世紀初，此時的日本隨著亂世告終，華麗、壯闊的文化風格盛開。

鷺」、「弁天小僧」、「彼岸花」無論在票房或口碑上均獲成功，對於這樣的日本電影現狀，我還是要譴責。的確，一九五八年下半年，小津安二郎、衣笠貞之助、伊藤大輔等大師以多部作品強勢回歸，盛況空前。媒體記者一邊對增村保造、中平康、今村昌平等人拍肩示好，一邊對大師鼓掌稱頌，日本電影界似乎也很在意**和平共存**呢。一九五八年的各種電影獎項、年度十大佳片名單正是如此結果的展現，我強烈地予以譴責。

林健太郎先生曾擔心地說：「若要將山本富士子的美更加發揚光大，她必須要找到契合的劇本和導演。」請不必擔心，在「白鷺」她找到了衣笠貞之助，在「彼岸花」她找到了小津安二郎。請不要說：怎麼都是些年邁的導演！再沒有導演能像他們一樣，煥發出她的絕對的美。尤其是看到小津安二郎在「彼岸花」中是如何用她的，那實在令人嫉恨。

新導演在「觀衆視線」這一點上，必須盡早奪取大師的這類（用女演員的）技巧，化爲自己的致勝招，然後繼續戰鬥！說起新人，我又想到，山本富士子與增村保造雖然同在大映公司，但她只出演過增村的一部電影——「冰壁」。而且，據說她剛拿到本子的時候「覺得很難、沒有自信，想過退出劇組……打一開始就無法進入角色」。林健太郎先生對此也發表過同情言論：「面對那個剛見面、沒有品位，叫作魚津的男人，八代美那子卻很快有了好感，還要對他敞開心扉[41]，山本富士子太爲難了。」美那子在坦白自己與丈夫之外的男人發生了肉體關係時，是以猛地昂頭、雙眼直視的姿態斬釘截鐵地說出：「我，和那個人發生了肉體關係了。」對於這個鏡頭，我十分感動。我記得我曾對某個自己極爲敬重的中年女性提起此事，當時她說：「是呀！眞的會是這樣！」聽到此言，我更加感動。

這是山本富士子最具卓見的地方，她做了所有努力來避免打破觀衆心目中「絕對的美」的形象。每一年或半年至少有一部，她一定會排除萬難選擇一個角色是符合她「絕對的美女」的形象。除此之外，她也會演一些不好不壞的電影，但是，若是那種稍有不愼便有害她演員生命的電影，即使作品可能成功，

41 魚津恭太、八代美那子是「冰壁」中的男女主角名。

她也絕不參演。能堅持如此原則的手腕、她的肉體的魅力，以及後面即將敘述的演技力，成為支持她今日地位的重要支柱。

迎向一九五九年之際，她表達了這樣的願望：「希望能愉快地演出娛樂電影，我很珍惜這樣的機會；但同時我還有點野心，想演文藝作品。」非常奇妙的是，這個願望與林健太郎先生對大映社長提出的建議十分吻合。林健太郎的建議是：「一年讓她拍攝一至兩部適合她的藝術電影，品質不錯的娛樂電影可以五、六部，這樣的數量對她來說是合適的，公司最終也會獲利。」

現實中，山本富士子必須守住自己在電影界的地位，這個願望合情合理；而林先生的發言即使是以貼心粉絲的角度來提出建議，還是太過改良主義（Reformism）[42]了。當然，當今日本無論是在政治領域或藝術領域，改良主義都極受歡迎，林先生會提出這樣的建議或許在所難免。

但是，所謂的改良主義，乍看擁有持續性的力量，實際上絕對無法長久。

42 改良主義宣揚階級調和、階級合作的政治思潮，主張在保存現有制度相對長期不變的條件下實行逐步社會改良。

所謂持續性力量，無非是時代當下的革命性力量的蓄積。人類唯有持續否定現在的自己、構築出新的自己，才能夠承受時代的變化並生存下去。相較於林健太郎先生等人，山本富士子將自己暴曬於粗暴的現實下，爲了攀登頂峰把自己帶到新的突破口。去年八月和今年一月，她拍攝了系列作「人肌孔雀」和「人肌牡丹」，這顯然就是一個突破口。在兩部活躍的時代劇中，山本富士子扮演了城市女孩、大姐頭、藝妓、武家女孩或男子。如果成功，這兩部時代劇會成爲她的招牌角色，就像長谷川一夫演出了「錢形平次」，或市川右太衛門演出的「旗本無聊男」，但是，與平次或無聊男相較，她的角色又不具完整的性格，因此無力匹敵。那麼，與電影「雲雀捕物帖」相比又如何呢？美空雲雀扮演的角色也不像平次和無聊男那樣個性鮮明，但雲雀卻能將角色的魅力以自身開朗、平民化、善於唱歌的形象完美呈現。

相反的，「人肌系列」的魅力仍然在於山本富士子的美貌，她的美發揮了關鍵作用。就「由她來扮男裝」當作賣點這點，可以說電影依然無法褪去那濃厚的頹廢色彩。不過，這反而也賦予了她現代劇角色遠不能及的魅力。恐怕今後山本富士子的時代劇數量還會增加，現代劇則會減少。她身懷野心冀望演出的文藝電影估計也只限於明治或大正時期，至多是昭和初期的文學改編。這些作品依然會在各方吸引觀眾進入電影院，持續受到人們歡迎——直至她的美麗衰頹。

現在，我受到一股欲望驅使，我想調查過去同樣以扮演泉鏡花作品女主角獲得成功的絕對的美女演員入江高子。人們都說，入江高子缺乏演技，特別在有聲電影裡的口條十分拙劣，因此後力不振。然而，事實是如此嗎？如果這樣，那麼山本富士子擁有優秀演技，甚至能獲得最佳女主角獎，那即便她的人氣稍微下降，即使肉體的美衰亡了，她的女演員的生命力依然能夠保持下去——眞是如此？如今應該針對她的演技來討論了。

一般認爲山本富士子演技開竅是在「夜之河」一片。關於這部電影，她這樣說：「（在扮演角色的時候）一直以來我都是讓自己完全成爲白紙，從零開始塑造角色，這次我是在自己身上尋找人物的性格，即使只是小小的分子，便將它極力擴大，借由自己的身體來表現該角色。」當然，對於她的這番言論我們不能照單全收。不過，在從事電影工作約三年後，她開始在**鏡頭前變得自由**了。那是因爲，**在眞實生活中她那具生命力的肉體與精神，在同樣具有生命力的鏡頭前，開始能進行虛構的動作**。這是電影演員最基本的條件。（當然，連最低條件都不具備的演員也很多。）

關於這一點，安部公房曾說：「電影演員的先祖不是什麼名演員，只是一匹會奔跑的馬。」這句話沒錯，但是，馬在鏡頭前演馬很容易，而人在鏡頭前要成爲自由的人，並抱持生命力進行虛構的表演絕不簡單。那麼，究竟怎樣做才能夠掌握這樣可以稱爲表演的第一步的能力呢？山本富士子或其他許多電影演員，沒有經過任何訓練就能掌控這種能力，又是爲什麼？原因之一，是他們在鏡頭前的自在，也就是說，在表演時他們能自覺自己的肉體或精神處於何種狀態。另一個原因是，同一時間，在現實生活中他們的肉體與精神是自由的，能意識到自己的每一個動作。能夠在這兩種位置上，去意識並分解自身的肉體和精神，這樣的能力即是表演的第一步。安部公房這樣說道：「那是一種浪漫的頹廢（decadence）。隨著表演次數增加演技也跟著進步，而那被用於助長了這種頹廢。」順便說一句，花田清輝收錄在《文學性的電影論》裡的一篇文章極具啓發性，他認爲做了安部公房和椎名麟三未能做到的事（即電影導演）是石原愼太郎厲害的地方，但我卻覺得，能夠眞正賦予電影界新風氣的可能正是包括花田在內的安部、椎名等人的力量。我期望他們寫電影批評、將賺來的錢存起來，儘早去拍出一部電影來！拍三十分鐘的電視只要大約五十萬到九十萬日圓就夠了。

言歸正傳，山本富士子掌握了演技的時期，和她大明星地位鞏固的時期大約是一致的，這是當然。此後，她的演技力成爲能充分發揮**素顏下的山本富士子**的魅力的強力武器，確實提高了她的地位，最終讓她走向演員的頂峰——成爲最受歡迎女演員並摘下最佳女主角獎。不難想像，在此期間，她把現實生活也都奉獻給了身爲女演員的絕對美麗。然而，悲劇是，當她絕對的美無法繼續在銀幕上呈現時，能拯救她的現實生活、那立足於現實生活的手腕與演技也將完美回應那「絕對的美麗」，而那會讓她喪失創造新形象的能力。我以爲，入江高子的命運如此不是因爲口條拙劣，而是她不具備山本富士子那樣的能力。

要防止悲劇發生，我們該如何是好？這裡我們不妨想想，演員的成長和變化，是否只受制於以身心資質來決定的現實生活中的成長和變化？倘若演員的演技止步於透過與現實生活緊密結合來形成的階段，那也僅止於此。但是，演員可以透過儘量扮演與自己性格差異大的角色，來提升表演能力，再藉此來改變自己與自己的眞實生活。至少，舞臺劇演員的成長、變化和形成的過程是如此。

然而，日本絕大多數的新劇舞臺劇演員完全忽視了身心的生命力，只是在**模仿**，他們絕不能被稱爲演員。這一點因爲莫斯科藝術劇團的來訪而被暴露。

只有像莫斯科藝術劇團那樣，持有與眞實生活中同質的身心的生命力、產生量的突變（同時也達到質的變化），只有如此巨大而豐富的形式下的演技，才能將身爲演員（無論是舞臺劇或電影演員）所需學習的一切完全以美而自然的方式展現。

小山內薰[44]看了這樣的表演，卻給剛當上演員一或兩年的年輕人灌輸了流於外形、動作的演技（儘管這在藝術座[45]中包含了一種內在的必然性），開啓了惡劣的新劇表演傳統。對此我痛切地感受到其中的某種必然性，以及沉睡於此的新劇的頽廢。

再說句題外話，山本富士子現在應該利用舞臺劇演員透過扮演角色讓自己成長、變化的方法，盡可能地扮演與自己本質上有所差異的角色，而不是她所說的「讓自己回歸成一張白紙」。她必須明確地透過與角色的對決來形成嶄新的自己。在「自己身上尋找角色」這方面，山本富士子確實厲害，只要去看小津安二郎的「彼岸花」就可以完全瞭解這一點。小津安二郎完全拒絕一切的

44 日本劇作家、評論家、表演藝術家。

45 日本劇團名，已於一九四五年解散。

說明性演技，因此在他的電影裡，只有說明性演技的演員全像是木偶。山本富士子不就是在這種情況下活得神采奕奕嗎！這樣的能力讓我們看到她在某種極限內確實是個自由又優秀的演員。但是，若要爲了更大的突破，她必須要告別小津安二郎和衣笠貞之助，去演像市川崑或增村保造那樣的電影，即使踏錯一步可能就會抹殺掉她現有的魅力。

譬如，她可以去演那種擁有絕對肉體美與精神頹廢如爛泥的電視劇。在自己的美能吸引觀衆、手腕和眼光還有影響力的時候，反過來利用自己的美，去演一個能誕生新自我的角色。這樣一來，在觀衆對過往的她感到厭煩，一個擁有嶄新魅力的山本富士子將會重生。這件事絕對是必要的。當然，前提是，她近期內沒有嫁人的打算，想作爲電影演員繼續生存下去。

林健太郎先生曾說：「擴張藝術領域是必要的，但這不是要讓她朝異質的方向飛躍，而希望是一種漸進的變化。」但是，我還是希望山本富士子能朝異質的方向飛躍。

因爲我相信，能在不停轉變的現代社會中生存下去的唯一出路，不在改良主義，而在於不斷地自我革新。林先生和我，到底誰才是山本富士子的朋友，電影的歷史將會爲我證明；我們哪一方是大衆的朋友，想必日本的歷史也會爲我證明。

❖ 我的生存意義——追悼瀧澤英輔

瀧澤英輔[46]導演逝世了。我受電影雜誌委託要寫一篇關於生死的文章，在這個正陷入思索的年底時分聽到訃告，分外難受。

我很喜歡瀧澤先生。說喜歡，並非與他有什麼特別的交情。我並不熱中於看他的電影，當然，在工作上也沒有往來。我們之間只是在導演協會聚會時交談過幾次的關係。

那是什麼時候的事呢？剛成為導演協會的成員時，裡頭沒有我的座位。我當上導演不久便辭去了在松竹的工作，對坐在松竹導演身旁頗為躊躇。當時，恩地日出夫、吉田喜重、浦山桐郎都還沒有加入這個協會。我觀望了一下，坐在了似乎也是獨行的關川秀雄導演旁邊。其實還有一個原因，就是我聽說關川也

46 日本劇作家、導演，二戰前參與了京都的編劇家集團「鳴瀧組」，戰後被歸類為女性電影、青春電影導演。

喜歡杯中物。

聚會上，我與關川對飲了無數杯，但他並不是個健談的人。我太想跟人聊天了，借著酒興便厚著臉皮加入了貴賓席的熱鬧團體，瀧澤先生就在這群人之中。

在今年（一九六六年）一月號《電影藝術》中，林玉樹曾說「導演協會的活動並不活躍」。我想他的調查並不夠充分。我沒有責怪他的意思，應該怪我們的宣傳不夠。但是，導演協會並不是不活躍。

就拿去年一年對外的活動來說吧，如奧林匹克電影的問題、電影倫理的問題等，導演協會總是快速地反應了具建設性的意見。關於電影著作權的問題，導演協會更是積極活動，表明了獨立且正當的見解。這些都屬於沒有話題性的活動。

我曾經試圖提議在《電影藝術》上探討一下著作權問題，但沒有得到任何回應。

這沒有責怪編輯的意思，應該說我們的熱情不夠。但是，這類重要的問題，導演協會會認真地對待。對內，諸如減少工作量、會員單飛、因電影補助制度大量湧現導演或電視導演等問題，雖然一件未決，但都在導演協會內被提出、討論過。

我並不認為導演協會活動不夠活躍。林玉樹以「那些被譽為大師的導演不熱中於導演協會活動」為證據對協會評頭論足。但所謂「大師」，究竟是誰呢？如果是指在戰爭專政時代成為導演的一部分人倒也罷了。曾經獨立製片的共產體系的大導演並不熱中於此也是事實。但是我聽說，本應對組織表現出熱情的這些人不熱中的原因，和在紅色清算（red purge）[47]中發生的不幸遭遇有關。

如果是這樣，不如說大師對協會的活動是熱心的。前任理事長小津安二郎導演如此，現任理事長五所平之助導演也是如此。正是這些大師，這些在電影被威權統治、導演被職員化前就當上導演的人，創造並培育了協會。在沒有我一席之地的聚會上，我怯生生地走到這些人的面前，與他們共飲。

47 指戰後日本在聯合國軍隊的統治下，根據最高司令部司令麥克阿瑟的指令，肅清日本共產黨黨員及其支持者的一段時間。

在沒拍電影的三年裡，我自己有時也會疑惑——我算是個電影導演嗎？即便如此，我仍然當自己是個電影導演，也相信自己是個導演，並出席了聚會。這也許是因爲在那個聚會上，伊藤大輔、內田吐夢、稻垣浩以及瀧澤英輔等導演給我的鼓勵，還因爲能在那裡對飲一杯。

是的，這些大前輩才是毅然決然立志將電影當作電影來拍的人，他們深知那個除了自己來拍之外別無他法、把電影導演當成上班族已經無法生存的時代已經到來。在我的眼裡，他們就像是狂風怒濤中即使危險你也會搭乘的孤舟，他們會讓你想起自己的青春時代，也對你抱持共感。對此我深信不疑。啊，現在仍健在的諸位大前輩，總有一天我還會在酒酣之際表達我的謝意，帶著作品報答你們。但是，瀧澤先生已經不在了。

是什麼時候的事呢？可以肯定是在我拍完「天草四郎時貞」之後。這部電影中有這樣一個場景：三國連太郎扮演的畫師右衛門正在描繪代官[48]府邸失火的景象，他的女兒知道父親背叛了天主教，進來後持刀向他砍去。瀧澤認爲這個場

48 日本武家社會的官職，指代替君主或領主在地方執行職務的人。

景不好。但對我來說，女兒砍向父親，父親惶惶辯解、逃走，這樣的場景具有很強的衝擊力。

但瀧澤這樣說：那時，畫師右衛門一定要在被砍的同時還堅持畫畫，女兒會被父親的氣魄壓倒，最終未能砍死父親。她的父親不是被砍就會停下畫筆逃走的男人，而是在畫畫時即便被刀砍傷也絕不逃走的男人，只有當這樣的男人背叛了天主教，那個背叛才具有重量和深意。瀧澤先生，這可能是您爲籌備中的電影角色設計的形象吧。無論如而，當時您描述的慘烈景象已經鮮明地活在我腦海裡，但我卻遲遲無法把它拍進膠捲。瀧澤先生，九天之上，愚鈍弟子祈求垂憐。

孩提時代，我就很熟悉死亡。剛進入小學的前後幾年，我的親人相繼離世，對我來說，死亡並不是件特別的事情。日本一直沉浸在戰爭當中，或許這也促使了我將死亡當作普通事物看待。我並不害怕死，做好了隨時走向死亡的準備。至少，我自己是這樣認爲的。

戰爭結束，意味著人與死亡的契約暫時失效。但對我個人來說，戰後並不一定意味著生存。我參與了各種運動，除了政治性黨派外還擔任過許多組織或團體的組織者。與其說是組織或團體使我能生存下去，更像是我透過參與這些組織能心安理得地面對死亡。

幼時，死亡那麼近距離地發生在我的身旁，或許讓我對必將走向死亡的人類個體失去了信賴。與此相比，組織或團體是多麼值得信賴。而這種信賴成爲很長一段時間都以行動者自居的我思考問題的基礎。身爲行動者的我常常是冷酷、絕望的，也因此顯得有點果斷、有點勇敢，或許也可以說我更適應公共的正義感。現在，某些朋友對我放聲批評，幾乎可以說是我的作品和行爲的一種背叛，而那些批評，必是來自他們將我的一切以行動者的立場來規範，認爲我應該與行動者的命運一同殉難。

然而，在我的內在，在華麗公共行動者的表面背後，我執[49]中滿滿是對生的欲望。不，應該說，如果沒有那種欲望，我就沒必要拍電影了，也完全拍不了。

49　佛教語，被視爲煩惱之源。

在一些電影中，我試圖將「我執」隱藏在公共正義背後，我相信那是正確的做法，但從沒想過要徹底地隱藏。

不僅僅是電影世界，在行爲層面，如果有人在我身爲公共行動者的行爲背後看到強烈的「我執」，也許就不會全盤地信任我。但是，不管是怎麼樣的公共行動者，在其背後或者是心中不存在「我執」的人，我是無法認同的。這也是爲什麼，我從來沒有參加過號稱只存在公共行爲的政治黨派，而今後也不會參加。我從沒有打算隱瞞身爲行動者的我身上存有「我執」這一事實。有些人選擇對我的我執視若無睹，然後讚揚我；還有些人只因爲我的我執便對我諸多警戒。我希望他們能夠儘早發現，二者都是虛妄的。

不過，我必須承認在我心中，比起對終將死亡的人類的不信任、對組織或團體的信賴，對於現在活著的人的信任、執著的一面已更強烈浮現。這是因爲我開始感受到自己的肉體走向衰亡嗎？還是我開始認爲死亡並非是突襲而來，而是逐漸靠近的呢？是不是我開始更強烈地在思考生存呢？

新的一年，我將拍攝的電影是「白晝的惡魔」（武田泰淳原作），故事講述了名爲篠崎志野的年輕女子，她先是與男人殉情，獨活了下來，之後她被另外一個男人強暴兩次、選擇與女子殉情，仍舊活了下來。原作小說創作於一九六〇年，武田於一九六二年進行改寫，他認爲自己對篠崎志野的生存意義有了更深刻的理解。而我，也希望能更深刻地去理解篠崎的生存意義，因爲那也將是，理解了我的生存意義。

❖ 令導演心驚膽寒的人——關於小川徹

當某電影雜誌編輯告訴我「小川徹寫了篇批評『天草四郎時貞』的文章，題目是〈巨大的肉體與微小的精神〉」我完全高興不起來，幾乎徹夜難眠。猜想大家都知道，我體型高大體重大約是九十四公斤，聽了小川徹的文章題目，一股恐懼感朝我襲來——難到我給世人的印象是像小頭症的摔角選手嗎？

小川徹就是這樣令導演心驚膽寒的人。這傢伙到底說了些什麼，不可不放在心上。他可說是當今罕見的影評寫手。

不過，小川本人並非沒有「大肉體與小精神」的地方。首先，他與我體型相當，我想在精神上也不會有太大差異。而且，支撐他的評論的兩大支柱，毫無疑問地是性和政治。

性與政治，強烈吸引小川徹。不論看哪部電影，他都像頭嗅覺敏銳的鬥牛犬，能嗅到導演或製作方對性和政治的觀念，也能從觀者對這些電影的接受方式，發現觀者或民眾對性和政治的觀念。他的品嘗方式是：先用舌頭舔一圈，然後跑去嬉鬧、盡情玩耍，等終於盡興後再把美食吃個精光。他的評論就是一種美食紀錄，同時，還會記下這道美食在被品嘗前是如何讓自己興奮的。他是美食家，同時也深諳將難吃東西吃得津津有味的方法。這或許是因爲他在貧困的戰爭年代迎來青春，屬於「戰中派」[50]的一員。

小川雖然確認了他身爲批評家的卓越才能，但就像戰爭年代即使食物來源增加依然缺乏營養一樣，在今日的電影世界裡，他的美食家精神有時也難免成爲缺陷。在許多禁忌仍然存在甚至不斷增加的現在，小川徹的口味也漸漸有所改變，在性與政治兩個主題裡，說不定他會更傾向前者，所以我說他也是「大肉體小精神」。

我與小川徹第一次見面是在一九五九年的年末，當時他還沒有看過我的第一

50　指在第二次世界大戰中度過青春時代的一代人，借此區別於戰前派和戰後派。

部電影「愛與希望之街」，只是因爲「好像有個不一樣的新人出現了」，身爲通訊社記者的他便採訪了我。體型高大的他身上掛了一台小小的相機，在日比谷公園，我們一邊走他一邊問：「你的年紀？」聽到我說「二十七」之後他說了一句話：「這個年紀電影能拍到這樣程度，你的人生算是很幸福呢。」當時，我正被公司晾在一旁，一點也不覺得幸福。

然後，去年夏天，在我要辭去松竹的工作時，小川徹來到我和石堂淑朗位於新宿歌舞伎町的骯髒宿舍。那時他在電影雜誌上發表的文章已博得廣大人氣，是個才華橫溢的記者，沒想到他隨地一坐便開始大聲嚷嚷：「石堂，你這地方眞不錯，很久以前我就想在這樣的地方寫東西了。」

我不明白，在小川徹眼裡「不錯的地方」是指「可隨意留宿、鄰近土耳其澡堂、攤販，人妖經常出沒」的風情萬種的地方呢？還是連「可以一個月不洗衣服的石堂淑朗」都會嫌棄的無比簡陋的地方呢？再加上，看到石堂在舊書店買來的小川徹第一本書《導演與女演員》就擺在宿舍一角，他感覺更害羞了。

在那之後，他寫了本以赤裸人性欲望爲題的歷史書籍《人物日本史物語》也受到好評，我聽到傳言說他辭去了通訊社的工作。這是今年春天的事情。我還聽說，他有一半原因是不得已才辭職的。

辭去了戰後以來任職至今的通訊社，加上離職背後的原因，似乎都鞏固了他投入寫作的決心。不只是「寫作」，而是「寫作的決心」。前些日子，我們久別重逢。他看來意氣高昂，而我，雖然並非是如他所說的「幸福」，但也是意氣高昂。我們似乎正如小川徹在自己的批評中所說的那樣，「在困難中發現勇氣、在匱乏中看見富饒」，找到了生活的智慧。在這裡，「大肉體與小精神」被顚倒了，完全成爲「小肉體與大精神」了不是嗎？

然而，「在困難中重振勇氣、在匱乏中發現富饒」，正是小川徹相當忌諱的一點，「反對」才是他的主題，而我對此也很贊同。然而，現實並不會讓我們活得如願，正如前文所述，小川徹的批評也只能從匱乏和貧困中，去發現豐饒和富貴。

我們該如何對待這個「主題」與「方法」之間的矛盾呢？

不消說，這個矛盾只能透過克服肉體與精神的二元論來解決。但二元論的克服絕非只能透過理論實踐。爲了徹底顚覆「肉體的大使精神變小」，或「精神變大則肉體變小」的狀況，我們必須有所行動。批評，也是行動的一種，那裡正是小川徹的戰場。我身爲同陣營的一員，哀切地期望小川徹的戰鬥是勇敢的、巧妙的，頑強而執著。

❖ 蟲明亞呂無，青春的一切——《體育的誘惑》

如果說我是職業棒球南海鷹隊的粉絲，那能將蟲明亞呂無[51]同樣稱爲南海鷹隊的粉絲嗎？

看完今年日本聯賽的最後一場比賽，我偶然地遇到了蟲明亞呂無。南海鷹隊不光采的敗戰，對我來說是巨大的打擊，一向冷靜的蟲明亞呂無臉上卻沒有絲毫困擾或苦澀的跡象。他甚至斬釘截鐵地說：「巨人隊是一支好球隊。從今天起，我就是巨人隊的粉絲了。」

如果你將他的這句話當作是亂了陣腳的南海隊粉絲的一種自暴自棄，那就不對了。蟲明亞呂無畢竟不是可以這樣簡單給個粉絲般頭銜的人。如果說輸得不成樣子的南海隊使他內心產生了動搖，那是因爲他還是推崇南海棒球隊的。我

51 日本作家、評論家、隨筆家、翻譯家。

們應該這麼說：比起推崇球隊，更應該說他是爲了看看這個球隊是否有觀賞價值而來。

有一年，從開幕戰以來，連續六十幾場比賽，蟲明亞呂無都到球場觀看。最後，當踏入後樂園的球場外野一片開闊鮮綠的草坪映入眼簾時，他因爲多日積勞而倒下。他是用生命在看棒球。

蟲明亞呂無十分欣賞大阪以西的棒球隊。阪神或南海電車沿線上，緊挨鐵道的密密麻麻的房屋，屋簷低矮，盡是些貧困人家。一到傍晚，烤魚的油煙味會飄進從旁呼嘯而過的賓士車車窗。對蟲明亞呂無來說，棒球就是在那樣的背景、那樣的地盤上成長的運動。因此，靠近貧窮街道、貧民窟的學校，棒球隊實力就會很強。

我自己就是在那樣的街道上成長，在棒球實力堅強的學校念書的人，在那裡我結識了眾多運動員，看過許多比賽。但我並沒有拚上性命，只是弱隊南海隊的一個粉絲而已。我在想，蟲明亞呂無究竟是何等人物？

蟲明亞呂無，電影雜誌編輯，當然也是電影評論家。但是，他並非普通的批評家，你不會在每月或每週的某本雜誌上看到他的評論。要說他筆耕不勤呢，還是說他慎重呢？儘管他參與編輯的雜誌版面並沒有什麼嶄新的面貌，卻也不是停滯不前之物。據說，所有的人都會叫他蟲明先生，去叩門請教個人事情的知名女演員更是絡繹不絕。不僅僅是女演員，我聽說連「板臉大王」佐藤忠男有什麼事也一定會去拜訪蟲明亞呂無，兩人總是相談甚歡，時至夜闌。蟲明亞呂無究竟是何等人物？

請看他的《體育的誘惑》一書。書中寫出了蟲明亞呂無的一切，道盡他青春的一切。

青春，一去不復返。

虛度人生到今天，現在的我只能靜默一笑了之。

被當作勤奮好學的少年時，我每天都會悄悄地來到東大操場，觀看足球訓練直到黃昏。

一九三七年，柏林奧運會召開的那一年，在房州[52]的海岸邊，有個人告訴我：「你要看看世界的足球。」

快二十歲的時候，我因翻譯登山遊記，對西歐山脈有了詳盡瞭解，但我沒有攀登過應該前往的日本山脈。

二十歲又三個月，我被迫參軍。

戰後，我忍著嘔吐感，不得不尋訪茶亭。

一九五五年，爲完成 Gainsborough 的賽馬譜系，我亂讀了生物遺傳學、生物

52 千葉縣南部郡名。

學、動物學等領域的書。

蟲明亞呂無在觀看划艇、拳擊、足球、排球、棒球以及賽馬比賽中度過了青春時代。

他的故事像閃電般猛烈，如海市蜃樓般令人懷念，這些回憶撞擊著蟲明亞呂無的心，也撞擊著我們的胸膛。

然後，化爲劇本、電影、詩歌，甚至是新聞報導，不可思議地縫補了文學與運動、動與靜之間的鴻溝，他的作品以我們不曾見過的姿態現身，又在一瞬間消失。

蟲明亞呂無，你是魔術師嗎？是月光下的小丑嗎？

在《體育的誘惑》中，的確身爲〈看的人〉，你的驕傲是那麼高尙、冷峻，散發熠熠光芒。但那個光又是如此微妙，我們或許把它當成〈被看的人〉的驕傲也說不定。雖然，或許看的只有你一人。

我想，那就是蟲明亞呂無的榮光。

❖出處一覽

第一章　我的思索，我的風土

我的思索，我的風土……《朝日新聞》一九七一年刊載日不詳

◎職業—將幻想化爲現實……《朝日新聞》一九七一年刊載日不詳

◎犯罪—對悖德的自覺……《朝日新聞》一九七一年刊載日不詳

◎革命—隱秘的渴望……《朝日新聞》一九七一年刊載日不詳

◎國家—黑色太陽的形象……《朝日新聞》一九七一年刊載日不詳

◎死與愛—你我靈魂的祭司……《朝日新聞》一九七一年刊載日不詳

不能完全相信導演說的話——歷史與悔恨／安德烈・華依達……《現代電影6／華依達》（三一書房・解說）一九七〇年九月

跨越時空的共同戰線——我虛構黨派的朋友／追悼齋藤龍鳳……《電影藝術》一九七一年六月號

第二章　俘虜與天使

第三章　我的生存意義

電影演員不可能扮演超越自己的角色／高峰秀子……《電影評論》一九五八年十二月號

不去表演的表演才是最好的表演？／仲代達矢……《電影評論》一九五九年一月號

女明星的選擇與觀眾的移情作用——山本富士子與日本的頹廢……《電影評論》一九五九年二月號

我的生存意義——追悼瀧澤英輔……《電影藝術》一九六六年二月號

令導演心驚膽寒的人——關於小川徹……《巨大肉體與微小精神》

（小川徹著・七曜社・解說）

一九六三年三月

蟲明亞呂無，青春的一切——《體育的誘惑》……《電影藝術》一九六六年二月號

被我封殺的感傷：大島渚的電影告白 / 大島渚作；周以量譯.
-- 初版. -- 新北市：大家出版：遠足文化發行，2017.02
　面；　公分
譯自：わが封殺せしリリシズム
ISBN 978-986-94206-1-7(平裝)
　861.67　　105025314

被我封殺的感傷——大島渚的電影告白

作者 大島渚 | **譯者** 周以量 | **責任編輯** 周天韻 | **封面設計** 林宜賢 | **內頁插畫** 比利張
內頁排版 唐大爲 | **行銷企畫** 陳詩韻 | **名詞審訂** 李幼鸚鵡鵪鶉 | **校對** 魏秋綢
總編輯 賴淑玲 | **社長** 郭重興 | **發行人兼出版總監** 曾大福 | **出版者** 大家出版
發行 遠足文化事業股份有限公司 231 新北市新店區民權路 108-2 號 9 樓
電話 (02)2218-1417 **傳眞** (02)8667-1851 **劃撥帳號** 19504465
戶名 遠足文化事業有限公司 | **印製** 成陽印刷股份有限公司
電話 (02)2265-1491 | **法律顧問** 華洋國際專利商標事務所 蘇文生律師
定價 360 元 | 初版一刷 2017 年 2 月 |